U0438847

21世纪年度最佳外国小说 2018—2019

夫妻的房间

〔法〕埃里克·莱因哈特 著
平原 译

La chambre des époux

著作权合同登记号　图字 01-2018-7076

LA CHAMBRE DES EPOUX
Éric Reinhardt
Copyright © Éric Reinhardt et Éditions Gallimard, 2017.
Simplified Chinese translation copyright © People's Literature Publishing House 2019
All rights reserved

图书在版编目(CIP)数据

夫妻的房间/(法)埃里克·莱因哈特著；平原译.—北京：人民文学出版社，2019
(21世纪年度最佳外国小说)
ISBN 978-7-02-014945-2

Ⅰ.①夫… Ⅱ.①埃…②平… Ⅲ.①长篇小说—法国—现代 Ⅳ.①I565.45

中国版本图书馆 CIP 数据核字(2019)第 016979 号

责任编辑　黄凌霞
装帧设计　崔欣晔
责任印制　任　祎

出版发行　人民文学出版社
社　　址　北京市朝内大街 166 号
邮政编码　100705
网　　址　http://www.rw-cn.com

印　　刷　三河市宏盛印务有限公司
经　　销　全国新华书店等

字　　数　104 千字
开　　本　880 毫米×1230 毫米　1/32
印　　张　4.625　插页 3
印　　数　1—6000
版　　次　2019 年 10 月北京第 1 版
印　　次　2019 年 10 月第 1 次印刷

书　　号　978-7-02-014945-2
定　　价　39.00 元

如有印装质量问题，请与本社图书销售中心调换。电话：010-65233595

出版说明

评选并出版"21世纪年度最佳外国小说",是一项新创的国际文学作品评选活动和出版活动。在世界文学格局中,由中国文学研究机构和文学出版机构为外国当代作家作品评奖、颁奖,并将一年一度进行下去,这是一个首创。

"21世纪年度最佳外国小说"评选活动由人民文学出版社和中国外国文学学会及各语种文学研究会(学会)联合举办,人民文学出版社主办。评选委员会由分评选委员会和总评选委员会构成。各语种文学研究会(学会)遴选专家,组成分评选委员会,负责语种对象国作品的初评工作;再由人民文学出版社、中国外国文学学会及上述各语种文学研究会(学会)委派专家组成总评委会,负责终评工作。每一年度入选作品不得超过八部。入选作品的作者将获得总评委会颁发的证书,作品由人民文学出版社组成丛书出版,丛书名即为"21世纪年度最佳外国小说"。

总评委会认为,入选"21世纪年度最佳外国小说"的作品应当是:世界各国每一年度首次出版的长篇小说,具有深厚的社会、历史、文化内涵,有益于人类的进步,能够体现突出的艺术特色和独特的美学追求,并在一定范围内已经产生较大的影响。

总评委会希望这项活动能够产生这样的意义,即以中国学者的文学立场和美学视角,对当代外国小说作品进行评价和选择,体现世界文学研究中中国学者的态度,并以科学、谨严和积极进取的精神推进优秀外国小说的译介出版工作,为中外文化的交流做出贡献。

自2002年第一届评选揭晓到2017年,"21世纪年度最佳外国小说"评选活动已成功举办16届,共有26个国家的94部优秀作品获奖,其中,2006年度、2003年度法国获奖作家勒克莱齐奥和莫迪亚诺先后荣获了2008年、2014年诺贝尔文学奖,足见这一奖项的权威性和前瞻性,也使"21世纪年度最佳外国小说"成为一个名副其实的重要文学奖项。

自2008年开始,这套书不再以外文原版书出版时间标示年度,而改为以评选时间标示年度。

自2014年起,韬奋基金会参与本评选活动,在"21世纪年度最佳外国小说"评选基础上,设立"邹韬奋年度外国小说奖",每年奖励一部作品。

我们感谢韬奋基金会的鼎力支持。我们相信,"21世纪年度最佳外国小说"的评选及其出版将结出更加丰硕的成果。

人民文学出版社
"21世纪年度最佳外国小说"评选委员会

"21世纪年度最佳外国小说"
评选委员会

总评选委员会
主　任
聂震宁　陈众议
委　员
（以姓氏笔画为序）
史忠义　刘文飞　李永平　陈众议
肖丽媛　金　莉　高　兴　徐少军
聂震宁　程朝翔　臧永清
秘书长
欧阳韬　陈　旻

法国文学评选委员会
主　任
史忠义
委　员
（以姓氏笔画为序）
车　琳　史忠义　李玉民　余中先　程小牧

小说《夫妻的房间》叙述主人公埃里克·莱因哈特在妻子玛戈罹患癌症这一特殊时期的特殊经历：他异乎寻常地把自己全部的爱给予玛戈，也异乎寻常地给予同样患了癌症的女性玛丽，甚至想着给予酒店年轻的女服务员和在里昂小说论坛上宣读论文的苏格兰作家。这是正常人难以想象的心路历程：他疯狂地与妻子玛戈做爱，毫无节制地与玛丽亲热，难抑想与她做爱的冲动，其实是想保持生命之火熊熊燃烧，他想爱世界上所有生病的女人，所有与死神抗争的女性，帮助她们生存下去。罹患癌症的女性的反应也是常人难以想象的狂热、豁达和富有爱心。二〇〇八年初夏，埃里克构思一部小说，聚焦四十多岁的作曲家尼古拉，他的妻子玛蒂尔德也患上了癌症。这是《夫妻的房间》的复本。尼古拉是作家埃里克的投射、夸张和升华，小说人物玛丽的灵感来自现实生活中的玛丽。当尼古拉完成他的交响乐作品时，玛蒂尔德奇迹般地痊愈了。第二年春天，尼古拉在交响乐演奏会前夜，结识了罹患血癌的玛丽，他开始失控地感到来自她的玄奥魅力和难以抗拒的身体诱惑……他因为她活着而感到幸福蔓延自己的全身，强烈渴望她继续活下去的欲望占据着他的头脑……

　　爱能拯救生命，艺术能创造奇迹。

"21世纪年度最佳外国小说"评选委员会

　　Le roman *La Chambre des époux* raconte les expériences extraordinaires d'Éric Reinhardt pendant la période où sa femme Margot est atteinte d'un cancer. Il a donné d'une manière inhabituelle tout son amour à sa femme, mais aussi à une certaine Marie elle aussi atteinte du même cancer. Il avait même envie de donner aussi son amour à la jeune serveuse de l'un café où il a déjeuné et à l'écrivain écossais qui a prononcé un discours au cours du colloque de Lyon. Les hommes de tous les jours ont de la peine à comprendre ce parcours spirituel : il faisait frénétiquement amour avec Margot, ne se limitait pas de baiser Marie, mais le vrai but de ces actes furieux était de maintenir les feux de la vie ; il veut aimer toutes les femmes malades du monde, aider toutes les femmes dans leurs luttes contre la mort, leur permettre de continuer à vivre. Les réactions des femmes atteintes du cancer sont également extraordinaires, elles étaient extraordinairement ouvertes, furieuses et amoureuses. Au début de l'été 2008, Eric a conçu un roman, focalisant Nicola, un compositeur âgé de plus de 40 ans. C'était un roman double de *La chambre des époux*. Nicola est une projection, une exagération, une sublimation d'Eric, l'inspiration de Marie romanesque vient de Marie réelle. Lorsque Nicola a terminé son œuvre symphonique, sa femme Mathilde est miraculeusement guérie. Mais au printemps suivant, Nicola ne se limite pas de sentir les beautés mystérieuses de Marie et des attraits irrésistibles de son corps...

L'amour peut saluer la vie. L'art crée du miracle.

**Jury des meilleurs romans
étrangers annuels du XXIe siècle**

致中国读者

　　我写《灰姑娘》(于2007年出版)这部小说的时候,我的妻子正在与极其严重的乳腺癌作斗争。

　　《灰姑娘》本身并不直接源自这段经历。然而,写作的状态与这本书完成的情况,以及从某种程度上来说,它的能量、震动、速度,却是来自于此。因为,在我妻子的请求下,在她生病期间,我在三个月的时间里写出了《灰姑娘》将近一半的内容。这部小说非常庞大(有600多页),而且它的形式也比较复杂,这几乎是一场不可能赢的赌局!但是她需要看到,我在我这边,就像她在她那边一样,也投入到了一场战役之中,她需要看到我们一起,同时并肩战斗。坚强地。充满信念地。她不想让我们任由自己被疾病所左右,被它的丑陋所侵袭。她害怕自己会死去,害怕她的斗争会提前失败。而看到我,因为爱,在与我的书斗争,而且每晚都让她读我白天为她写的好几页书稿,这一切给她带来了快乐、力量并使她陶醉其中。我所做的,就好像是某种奇迹!也许当时我处于受到打击的状态,在一种写作的第二状态之中。我写着,就像在做梦一般,速度很快并且很流畅。当时的情形把所有次要的恐惧、无关紧要的忧虑都从我生命中驱逐了出去。每当我突然开始停滞不前,或碰到了困难,我就不想令她失望,或者让我的失败使她变得脆弱。我不能失败,这是难以想象的,所以我像疯子一样写作,为了让她看到这一切,我们不会向现实低头,我狂热地爱着她,没有什么能够伤害我们,以及我们会获得胜利。那时她是我的力量,而我也是她的。这非常美,有时甚至是庄严崇高的。

我的妻子病愈了,而《灰姑娘》也出版了。那是在二〇〇七年的九月。这本书在法国获得了巨大的成功,并且将我推到了幕前。它改变了我的生活。我的妻子和我,我们所经历的,就像是一个故事。

《灰姑娘》出版后不久,我的脑海里出现了另一部小说的构思,《唯一的花》,我一直都没有写这本书。事实上,几年来我一直都在尝试但是我写不出《唯一的花》,这本书主要构想的灵感来自于我妻子生病时我与她的经历,还有在她康复几个月后,我与一位女士的一次会面,这位女士曾经病得非常重,是一个真正被圣迹治愈的病人。在这本我梦想写出的书中,一个男人,作曲家,在他的妻子康复后,离开了她,尽管他十分爱她,因为他要去与另外一个他知道已被疾病判了死刑的女人一起生活。他爱上了这个女人的生命,爱上了她活着这个事实,他无法接受让她一个人面对癌症的戕害,面对死亡的威胁或是逼近。他渴望拯救她。或者宽慰她。他渴望在她生病的时候能够让她高兴。用他的艺术。用他的音乐。实际上,小说的这个设想反映的是我妻子的疾病留给我的创伤,更确切地说反映的是我对于她会死去的恐惧,这我曾有过的,难以忍受的,可怕的,无法估量的恐惧。因此在内心深处,我保留了一种无法被宽慰的感觉。正是因为这种无法被宽慰的感觉,尼古拉,这本我渴望创作的书中的男主人公,不能够让玛丽独自面对疾病。

由于一直以来我都面对着写作这本书的不可能性,最后我明白了我该做的就是描述它,阐释《唯一的花》应该是什么样子,如果我有力量来写出它的话,如此一来,这本书最终就显现出来了,就升起来了,好像雾气一般,梦幻一样,如同毫无支撑的,虚幻而朦胧的虚构故事。有一些像透过彩绘玻璃照进来的,教堂中的光线。这便是我在写作《夫妻的房间》时试图做的。我想要在这本书的内在里升腾起另一部小说的魔法,而后者并不存在,永远不会存在,它就是《唯一的花》。我想要我的读者能够在穿越过它的同时,从这本不存在的书中汲取到,他平常能够从一本存在的,他在读的小说里汲取到的同样的情感。就好像在《夫妻的房间》的中心有一间空房间,一间有关死亡的屋子,充满了光线。而这间空房间就叫做《唯一的花》。正是这样一种特别的叙事机制,对我来说,似乎让我能够更好地去接近,去向我的读者传达,这难以表达的,在我妻子病得最重时,当她也许会死这样的想法在我身边徘徊时,我所经历的一切。当然那时我是竭尽全力去拒绝这一想法的。像我的每本书一样,《夫妻的房间》是一台生产感觉的小机器,尤其是这种我刚刚向你们描述的感觉,而它也正是这部小说的主题。写一部小说,对我来说,不仅仅是讲述一个故事,也是给我的读者带来感性的经历和独特的美,而这会改变他们对生活,对世界的看法。

在我的妻子康复以后,我的小说《灰姑娘》成功之后,接踵而至的生活是一长段充满怀疑的日子。我那时觉得自己再也写不出来了。我们有些难以回到普通生活的平庸之中。许多一直以来对我们很重要的事情在那时的我们看来却显出市井喜剧中那可鄙的小虚荣,这其中就包括写书,追寻作家之路,提高名望,重新投入工作。我们就只想远离人群,两个人为了彼此,为了美、艺术和感性的世界而生活。在拥有过如此强烈而美的经历之后,一切都显得黯淡,微不足道,相对没那么重要。在生活中,很少有机会,让我们可以相互倾诉,尤其是相互证明,没有欺骗也没有扯谎,用行动证明，我们究竟有多么相爱。我们究竟可以为对方付出到什么程度。我妻子的病就是这样一次机会，这持续了六个月。我们从未在彼此身边，为了彼此，如此存在过。总之是一种激烈，极端的疯狂激情。这为我们赢得了体验一些完美而难忘时刻的机会。那是炽热的。如果回顾我的过去，我生命中几个最强烈而且值得纪念的时刻就发生在这段日子里。我妻子也是这样说的。对我来说在《夫妻的房间》中表达这些事非常重要，以便让我们的经历能够帮助其他的情侣，并让他们从另外一种角度来看待癌症，一种除却灾难，身体的衰弱，丢脸，可耻之外的角度。因为很不幸地，人们知道自己生病之后，常常是以这样的方式来谈论疾病的。

在《夫妻的房间》中有好几位女士：我妻子，还有玛蒂尔德和玛丽这两个人物。她们都是疾病的受害者但同时她也都很坚强，充满了生命力。尽管她们都病了，但我拒绝让这些女士，被读者视作是受害者。她们不是遭受苦难的受害者。玛丽她自己一直坚持到了最后，朝着光亮。这恰恰就是小说中的一条力量之线：疾病中的自我完整性问题。直到最后，玛丽仍在内心中因为尼古拉让她感受到的美而激动，他在她的临终病床上放了一只小小的博士音箱，播放着他为她创作的音乐。我很喜欢这个想法，玛丽最后的思绪是对于人类能够创造出的作品之美的感恩，而我们以此滋养着我们持续着的生命，用我们经常接触的艺术作品。在许多人的生活中都是如此，我也一样，艺术仍然使我们的生命更美，它让我们活着，它养育着我们，它使我们变美，它照亮我们的日常。我从未像刚刚发现自己喜爱的艺术作品时那样，感到如此强大，幸福，着迷。从这个角度来看，艺术于我而言具有实在的治愈功能。

埃里克·莱因哈特

译 者 序

关于这部小说我想说的太多,但又不想过分打扰你的阅读,所以仅以自己的一点感受为你做一个简单的导读吧。

首先我们不妨来认识一下本书的作者,埃里克·莱因哈特(Éric Reinhardt)。埃里克于一九六五年四月二日出生在法国的南锡,他不仅是小说家,还是一位剧作家与出版人。他曾先后在多家出版社工作,主要负责出版艺术类书籍,并于一九九四年至一九九九年期间,在阿歇特旗下的艺术类专门社——阿藏出版社,担任编辑部主任。随后他便成了自由出版人。他的第一部小说《半梦半醒》(Demi-sommeil)出版于一九九八年,他那时便在法国文坛崭露头角,引起了评论家的注意。之后的数年又相继发表了《家务精神》(Le moral des ménages)、《存在》(Existence)、《灰姑娘》(Cendrillon)、《维多利亚系统》(Le système Victoria)、《爱与森林》(L'amour et les forêts)。尽管国内的读者还未接触过埃里克的作品,但他已受到法国评论界与出版界的极大关注。他的作品《灰姑娘》获得了巨大成功并为作家赢得了法国知名文化杂志《摇滚不腐》(Les Inrockuptibles)的封面以及《解放报》(La Libération)文学回归季的头条。而《爱与森林》则获得了雷诺多中学生奖,并被《读书》(Lire)杂志评为二〇一四年最佳小说。本书《夫妻的房间》(La chambre des époux)是他创作的第七部小说,出版于二〇一七年,也是他第一部被翻译成中文的作品。

那么你是为什么打开了这本书呢?是因为书名吗?那我们就先来讲讲它。

小说译为《夫妻的房间》,法语原文为 La chambre des époux。事实上这是一处名胜,绘画界的朋友可能会有所了解,这个地方位于意大利的曼托瓦,是圣乔治城堡中的一间房间,意大利语为 Camera degli Sposi。整个房间都由文艺复兴时期的著名画家安德烈亚·曼特尼亚的壁画所装饰,以画作形成的视觉错觉而闻名。从一四六五年到一四七四年,画家在九年的时间里,用画笔将整个房间改造成了一个幻觉的世界。当人们进入这里环顾四周时,会觉得自己仿佛置身于一座高塔顶端的平台之上。而抬头观望时,则会看到房间穹顶中心画有被一圈栏杆围起来的一小片天空,还有天使、男人、女人和一只孔雀围在栏杆处向下望,这时人们便有了一种自己站在井底的错觉。

于是你可能会问为什么作者会选择这个书名呢?

我想恐怕有几点原因。其一,从字面意思上来看,作者讲述的确实也是夫妻间的经历。其二,这种让人仿佛置身画中,或与画作互动的视觉错觉,也与小说本身所采取的元小说的叙事方式有异曲同工之妙。其三,二〇一二年发生在意大利的地震让圣乔治城堡有所损毁,尤其是通往夫妻的房间的走廊,于是这一区域就被关闭了,而也正是在二〇一七年它重新向公众开放。这两个时间点也恰恰与作者妻子患病与彻底康复的时间相吻合,不得不说是一种奇妙的巧合。

而后,我们便来谈谈小说的架构或者说叙事方式,何谓元小说呢?我对于本书的叙事模式非常着迷。作者在小说中,在现实与虚构之间,构建了几个不同的世界。这些不同的世界之间可以说是层层相套的,就像中国的童谣中所说的:"从前有座山,山里有座庙,庙里有个老和尚,他给小和尚讲故事,讲的是:'从前有座山,山里有座庙,庙里有个老和尚,他给小和尚讲故事,讲的是……'"这便是元小说的基本结构。而本书中,在这些接近无限递归的世界之间还贯穿有一种一脉相承而且逐渐增强的情感。作者将自己在现实中所感受到的可能性在虚构中推到了极致,也在现实与虚构的不同层面之间建造了来回的通路,模糊了虚构与真实的界限,同时又平衡了二者之间的联系。这使得几个世界合并起来构成了一个整体,而他想要表达的也就是这个整体。正如作者在小说中所谈到的,他创造了一个多容镜像的整体,而这也给了读者从不同角度进行多次阅读的可能。所以各位看官不妨一试。

然后,我们再来谈谈小说的主题,那就是人与癌症之间的对抗。癌症在许多人的眼中都是讳莫如深的话题。但在这部小说的开篇第一句,作者便将这个炸弹抛了出来,他的妻子患了乳腺癌。然后他讲述了如何用美,用艺术之美、创作之美来对抗病魔和拯救自己与妻子。作者告诉我们,癌症在某种程度上来说也可以是一件很美的事,或者说我们应用一种审美的眼光来看待它。对于癌症病人来说,它不是一种一过性的疾病,许多人与其一直相伴直至死亡,而逃过一劫的病人也要一直面对复发的魔咒,这样的担忧在一定程度上比疾病本身还要侵蚀人,即便过了五年的观察期不少人也仍会在心中常怀忧虑。那么如何与其相处,如何与患病后的自己相处,如何面对死亡就成了每一个癌症病人所必须面对的课题,而作者在书中就此给出了自己的答案——那便是美。

如果你是一位癌症患者,或许这本书会让你读出自己的困惑、痛苦,帮助你重拾生活的信心。如果你是癌症病患的伴侣、亲友,这本书也许会让你如获知音,在阅读中发现那些在心中压抑许久的情绪,从而疏解自己。无论如何,请怀着一颗向往美好的心,诗意地生活！

如果你只是因为好奇而翻开了这本书，那我也可以告诉你，这是一本很美的小说，值得一读。更何况它讲到了如何面对死亡，作为中国人，"死"对于我们来说是一个忌讳的词，我们缺乏死亡教育，但死亡却是每一个生命的必然终点，我们应该对它有一些思考。

最后，我想说，作为译者，事实上我的工作本身也有幸在一定程度上成为作者所构造的这个多容镜像整体的最外层，因为我本身也与小说中的几层世界有一个重要的连接点，那便是我与作者的妻子同病相怜。所以那些看到上两段而腹诽的朋友，我想对你们说，死亡神秘且美，无论如何，我们确实可以怀着一颗向往美好的心，诗意地生活！

好吧，不想过多透露书中内容的我就说到这里，希望你阅读愉快，就像法国人说的："Bonne lecture！"

2018 年 11 月 5 日
于北京 芍药居

致马丽蓉

1

二〇〇六年十二月,因为一个肿块她自己主动去做了乳腺钼靶造影,在这之后,她被宣告患上了癌症。因为这个四十毫米多一点的肿瘤并没有在六个月之前的相同检查中被发现,所以医生们推测这是一种发展迅速的癌症,或者可能是有炎症。穿刺结果出来之前的那段时间是我整个人生中经历过最痛苦的等待。

在这几天里,为了逃避等候带来的焦虑,我躲进了书房,这之前我正在那里写献给玛戈的《灰姑娘》。一定是命运想让我的小说在她打电话告诉我她病了的时候,进行到那里。那些情话好似眼泪一样从键盘上涌出,有时我会因为感觉它们好像一篇悼文而颤抖,但还能做些别的什么呢?《灰姑娘》的这些篇章对于我来说就像发狂的我愤怒地砸到癌症脸上的魔法。

一系列的检查证实了这不是炎症,而是发展迅速的癌症,已到第四期。这决定了我们要采取一个三段式的治疗方案,从一月五日开始进行八次化疗,七月初做手术取出残存的肿瘤,最后进行为期两个月的每日放射治疗。

还有什么比乳腺癌更普通的呢?在当今的社会,乳腺癌没什么的！所有的女人都有乳腺癌！我无数次地说出和听到这些话，这些为了让她平静下来而抛向她的句子。但是在医院，当然没有人会说这样的话。肿瘤科医生不能说乳腺癌是很平常的。他们从来都不会说什么话来安慰病人。当虚弱的病人乞求一句鼓励时，他从来也得不到。他只能接受化疗可能没用的推测。

我看到她急性恐慌的症状又出现了，这是从我们认识之初我就在她身上见识过的。我告诉自己最糟的不是疾病，此后这会由医生来负责，也不是恐惧、不安，而是一种毁灭性的恐慌。我害怕她会陷在自己的疾病里。她已经开始了一次黑暗中的致命航行。我理解这些，我们就是要与此作斗争。因为这次航行和作为她黑暗大海的癌症能够很轻易地把我们吞噬。

她开始后悔我们要了第二个孩子。为什么你要这样说？我问她。她开始流泪。他太小了……她回答我说。太小了……可是对于什么来说太小了？你在说什么呢？死亡会让她在自己身后留下一个四岁孩子的想法让她无法承受。她感觉自己犯了错，生下了一个孩子却又不得不弃之不顾。而对于我来说问题已经不在于她会活着或是死去，因为我说服自己她已经脱离了危险。你不会死的。你不会留下他一个人。相信我。你会活下去的。你的孩子，他会看着你渐渐老去的！我花了很长时间在她的身边与那致命的魔鬼斗争。

一月初的时候，我妻子让我在春天写完《灰姑娘》。为了让这个目标有可能实现，我还有太多章节没有写，太多的场景没有设置。但是她需要将她的力量注入到一场共同的战役里：你和你的小说斗争，我和癌症作战，我们两个人一起，并肩、携手战斗。九月的时候我就会康复，你也会出版你的书。然后我们就去做别的事。我需要这样。写吧。写完它。在九月出版《灰姑娘》。

我在三个月里每天持续工作十个甚或十二个小时。不知疲急。被一股前所未有的冲劲所裹挟。什么都不能阻止我。她给了我写作的动力。我给了她痊愈的力量。她就是我的动力而我也是她的力量。这是一段我从未体验过的,极为特别的经历。我在我们大楼的七层楼,一个小隔间里;我妻子在五层楼,我们的公寓里;孩子们则在学校。在三个月的时间里,我写了《灰姑娘》六百页中的一半,也就是差不多六十万个字符,换种说法就是四百页纸。

我这样一个害怕写作,与创作保持着紧张关系的人,变成了一件没有情绪的工具。我偏爱的工作路径变成了笔直的。就像一把被扔向靶子的刀。对于死亡的恐惧让那些弯弯绕绕和迂回的路线都消失了。不能够在一个技术障碍上磕绊,一天都不行。这变成了一个关乎生死的问题。就好像我的妻子被绑架了,只有按时交出手稿才能解救她。如果有一天我下楼对她说,我做不到,我放弃,在这种情况下根本不可能写作。我害怕我们会就此踏上一条危险的道路,那时我们会接受任由自己被生活处境支配。

我们从未如此亲近。我们自给自足地生活。她每天都会读我写的文字。她像从前一样着装,还是一样地优雅,一样地讲究,没有丝毫马虎,从来没有,就像她去上班时一样,甚至在家里也是这样。我们一起吃午饭,然后在将近晚上五点的时候一块儿喝一杯茶。她一天比一天衰老。她对我说:"我九十岁了。"她每上一层楼都要停下来,很长时间,缓缓气,和老太太一样。她越来越疲惫了。我们去到蒙马特郊道街买水果泥,来给她补充能量。

为什么我要讲述这些,暴露这些如此私密的事情?那是因为在阅读这些文字的读者中一定有那些因为刚刚查出乳腺癌而头昏脑涨的夫妇,他们害怕,不知所措,他们也许需要听到这些,那就是他们有权利将这件事变成一段充满爱、真实、美和反抗的时光。我妻子收到过一封来自住在伦敦的同僚的信。她患过乳腺癌,她告诉我妻子她现在状态很好。而且她和她的丈夫对于这段时光保有着一种伤感的怀念。是的。一种伤感的怀念。我十分喜爱这句话,尽管它好像令人反感,放错了地方甚或是异教徒的说法。但是我理解它。我知道我们需要听到它。

再说因为有人对我们说过,我们自己也在各处都读到过,考验会很残酷;一般来说夫妻会分开;我妻子会瓦解;她会失去尊严;所有的欲望都会消失;朋友们都会远离;我们的孩子会受到精神创伤;每天的生活会在治疗中变得没落。一种阴森可怖的一致。病魔,就算被战胜了,也会摧毁它所经之处的一切。

不管情况如何,我们都要一直以一种变得感伤的方式来行事。也就是说要制造出美。不管情况如何,不惜任何代价,也要实现那个强迫性的目标,那就是制造出美。即使是得了癌症也是一样。尤其是得了癌症的时候。那是一种来自当下,由在一起、斗争、相爱所带来的美。这种美激烈而又罕见。癌症可以作为一件积极的事来经历。它的治疗会开启一段时光,在这段时光中我们会慢慢走向一种解放。

爱与一种急迫的、完全的、炽热的亲密共存,这种亲密让每个瞬间都有了无法衡量的价值。一种蔚为壮观的情感结构出现了,它以最持久的方式支持着病人,它来自朋友和同事,邻居或是商家。我妻子那时会收到一些让我一读就热泪盈眶的短信。那时我是如此害怕失去她,以至于每天晚上,我都发狂地,把她搂在怀里很久。我得拥有她,吸收她,在她身上,好让她活着。这是通过身体表达出来的。这变成了性欲。尽管她的头发、眉毛和睫毛都没有了,那又怎样,我们不在乎,在这种情形下我们意识到,重要的是,关于对方和我们关系的深刻真相。我明白了就算她变丑了,生病了,做了手术,我依然可以爱她。我适应了她外表的所有变化。我让自己不再害怕手术。我吻她光秃秃的眼皮。在经历这些之前我们不能料想到这样的情况。而从此之后我可以理解我们会想要和自己七十岁的妻子做爱，在如此的经历之前这对我来说是不可思议的事情。我曾与那些经历过同样过程的人说起这些。一路走来他们发现自己的反应和对策都毋庸置疑。这也就是为什么我要把这些写下来。

六个月的化疗之后，我妻子于七月初接受了手术。她的肿瘤只剩下大头针尖那么大，几乎都看不见了。《灰姑娘》也在八月底出版了。她在九月初重新开始工作。她的头发也重新长了出来。从此之后她就留短发了。就像获得了一个新的身份。

2

因为玛戈在二〇〇六年十二月，一次检查之后，获知自己的左乳内有一个如杏子一般大小的恶性肿瘤时许下了愿望，所以次年九月《灰姑娘》的出版和成功，就不仅好像是对她康复的庆祝，也是对我们曾许诺一起经历，并成功完成的一切的纪念：她和她的病魔作战的同时我完成我的书稿，我们一起做这些，共同狂热地努力，我还将这些写进了出版于二〇〇七年十二月的一份周刊的文章里（我需要写六千字符作为我的年记），也就是你们刚刚读到的。

现在这部小说已经完成并出版，它获得了众多媒体文章的称赞，还出现在了畅销书的榜单上，而在七月从她完好保存的左乳里也取出了变小到像大头针尖一样的肿瘤，新生活的画卷在我们面前展开了：我作为一个比之前更受认可的作家，玛戈作为一个正在康复中的病人，而我们两个则是作为一对成功通过了爱情中的一场本可以将它摧毁的考验的情侣。

那种伴随在一场严峻考验、一个美满的结局之后的愉悦，那无论如何都会在宣布玛戈康复后出现的愉悦，还被那本书的出版所带来的连续欣喜增强着，我们两个都感受到了同样强度的欣喜，玛戈以一种就像是她写了这部小说一样的方式和理所当然，为小说的成功而感到兴奋，正像我，我同样为她的康复感到高兴，就好像肿瘤是在我的身体里被打败的一样。

这两个相邻的事件，成功和康复，永远联系在一起，绝对不可分割，它们都来自唯一而又奇妙的一个源头或者一个母体，二者在同一个快乐的拥抱中交相辉映。

我们享受这种完满，就好像它是对我们之前几个月战斗的一种奖赏，而且这份奖励对我们来说好像更加神奇，因为它是从外部世界、公共空间、秋天和有纪念意义的傍晚的金色阳光得来的，我记得那时天气很好。

让-马克·罗伯特，我的编辑，每天都打好几个电话来告诉我一些好消息。在媒体上谈论我的小说的各种文章和邀请数以倍增，这部小说登上了畅销榜，让-马克·罗伯特每天早上都在欣喜地和我沟通前一天的销量之后，再全方面分析并详细地告诉我，他精心规划的策略。

每次得到一个好消息，我就打电话给玛戈让她也知道。

有时我们觉得情况发展的程度可能会超出我们的想象，就好像一只钟摆现在摆向了快乐和无忧的深处，而十个月之前，它也曾短暂地摆向黑暗和疾病那一端，同样的深处。玛戈处在恢复期，身体还很敏感、虚弱，她很高兴自己还活着，她的内心被这钟摆摆动的力量揪起，这摆动的能量远远超过了看到居里研究院的医生嘴里说出暂时性康复时那唯一的满足，他拒绝用其他的词来称呼它，她和我，我们都只能期望一个暂时的康复，在此之后五年，才是彻底痊愈（我们可以合理地将其看做彻底痊愈）。这欢乐的摆动会停在哪里呢？它帮助着，支撑着玛戈，我很清楚。它给了她力量让她不会被复发的忧虑所左右。医生们丝毫没有排除复发的风险，何况这是一种不可忽视的风险，即便进行了成功的化疗和保乳手术,也是如此。

为了忘却疾病,我们想要尽情享受这种愉悦直到最后一点一滴。不是要忘却我们刚刚克服的疾病,现在想起它时我们会感到有某种依恋之情,因为我们在彼此的身边经历了一些伟大的时刻,而这得归功于它,还因为我们非常喜欢的事情是因它而来,那就是彼时受到关注的,在她与病魔抗争期间写成的这本书。我们想要忘却的是可能会重新出现并威胁我们的疾病,我们将不能像前几个月击败它时那样再次战胜它,因为慈悲不会随便重现并且人们不会体验到两次这样奇迹般的经历。我们很幸福。我们懂得了生命的代价,爱的代价,还有我们之间的连接的代价。我从未离玛戈如此之近。

从知晓她生病一直到二〇〇七年十二月,一年过去了,我没有让自己休息一刻。为了完成我的小说,得产生出一股我原本都不知道自己能够达到的工作能力,此外现在我觉得很显然,如果不是因为当时情形所带来的生死攸关的急迫强制我这样做,我将永远不会发现这股力量,以至于要是没有这至少有些急切的指令,我也许会用十八个月来完成我的书而不是三个月,而它会和现在的版本极为不同并且肯定会失败(因为它会变得沉重,我很清楚,我了解自己,一旦开始之后这本书唯一的出路便是急迫还有写作、叙述的内在速度,在被生活逼到绝境之前我并没有意识到这一点;是玛戈的病让我发现了它究竟是什么,应该怎样将它写出来,也就是说要写得很快,甚至是非常迅速,随着写作的推进不断加快叙述,直到它疯狂得像野马一样脱缰而去并以这种方式变成一个对我们世界的隐喻,我们那完全失控的,被以极快速度抛向毁灭的世界,但这就是另外一个话题了)。总之,在有了这样一股突然而又强烈的力量的供能之后,我回应了很多请求(主要是文本和文章的邀约),丝毫没意识到我一直都没有休息一下,哪怕是很短暂的放松。我就像一张弓一直紧绷。我就像一张弓一样保持着紧绷,处在当时情形所迫切需要的英雄主义之中。我那时是英勇的,是的,没有一丝懈怠,为了给玛戈提供饱含不灭的信心和力量的连续演出,我没有流一滴泪,始终陪伴在她身边,总是尽可能勇敢而热忱,始终如一,坚定,可靠,对于种种疑惑绝对理性,而在劝她可以依赖我时则极尽感性,证明就是,平常在创作其他书时工作起来如此缓慢而艰难的我,那时每天都要写二三十页,以至于她每天晚上都怀着疑惑阅读,为我的变化而赞叹,被这种没有什么偶然性与波动的繁忙工作所震惊,而这繁忙只是来自一种喷发(一个逗号都没有修改过,这些文字冰冷地、机械地、匀速地,几乎是以最终版本的形式,从我脑袋里溢出到电脑屏幕上,就像现在我们可以在袖珍本里读到的那样)。在我看来这个日常剂量的阅读,就好像是除了为帮助她康复,而每三个星期到居里研究院进行的具有毁灭性副作用的化疗之外,必须每晚给她注射到静脉里的罕见的、鸦片一样的物质。就这样我把这些文学注射所带来的作用混合到了医疗机构为治疗她身体功能减退而做出的努力当中,她的身体对化疗以及随后的治疗耐受极差,得一直在她身边准备一个红色塑料盆,当我从七层楼下来回到我们房间的时候,有时就得将盆里那些稀薄的、半透明的内容,她的痛苦又污秽的产物倒进厕所。是的,就像一个在阁楼里秘密炮制冰毒的化学家一样,我每天都努力为玛戈制造尽可能纯粹而无法抗拒的美,这都是为了让她高兴,鼓励她。

在二〇〇八年的春天,更准确地说是在五月二十九日,我被邀请参加国际小说论坛,这是由《世界报》和吉列公馆①在里昂举办的活动,当时还是第二届的时候。我非常喜欢这个活动。那一年的活动主题是小说,多伟大的发明啊!我和另外三位作家(一个

---

① 原文为 Villa Gillet,坐落于里昂的樱桃园公园,一个著名文化机构,经常举办各种研讨会、讲座等。

法国人、一个意大利人还有一个苏格兰人)参加的那场圆桌讨论的主题是小说拼图。每场圆桌讨论的原则就是,要事先写一篇符合相关主题的文字,在讨论之前,每个作家都要朗读自己的这篇文章,时间不能超过六分钟。

因为我要在五月二十八日中午过后不久,在维勒班图书馆参加一场读者见面会,而晚上在普罗旺斯埃克斯还有我朋友安杰林·普雷祖卡①一场舞剧的首演,所以我决定,为了不用独自在里昂忍受充满惶恐地出现在第二天晚上九点的论坛之前那让人烦躁的空闲时间,我决定一结束维勒班的见面会就乘火车去普罗旺斯埃克斯,在安杰林家度过这天的晚上和夜晚,去看看他的舞剧《空舞》的第二部分(我已经看了两回这部舞剧的第一部分,我很喜欢),编舞伴奏用的是约翰·凯奇②一九七七年在米兰卡利亚里歌剧院被起哄的一场演出的录音原声带。

这场演出就是由约翰·凯奇自己朗诵一篇亨利·戴维·梭罗③的文章,他读得那样顽皮而失去平衡(充满了低声抱怨,来自象声词的噪音和漫长的空白)以至于观众渐渐开始抗议,大声叫嚷疯狂辱骂,随意鼓掌和吹口哨。随着演出的进行这些斥责声变得越来越大,但是约翰·凯奇继续着,他并没有在嘘声中结束孤独而凄凉的诵读,他那可怕的咬字风格甚至好像都从这活泼而狂热的敌意中,用意大利人的方式,汲取再生的无畏,嘲讽的厌恶,几乎是报复性的固执的决心。《空舞》里四位来自普雷祖卡舞团的舞者正是要伴着米兰这一夜嘈杂的录音舞蹈。他们连贯做出的精致

---

① 安杰林·普雷祖卡(1957—),法国当代著名舞蹈家、编舞家。
② 约翰·凯奇(1912—1992),美国先锋派音乐作曲家,推崇偶然音乐,是电子音乐的先驱。
③ 亨利·戴维·梭罗(1817—1862),美国作家、诗人。代表作有散文集《瓦尔登湖》等。

动作,可以说是自给自足的,和面对观众不满的反抗时约翰·凯奇的表现一样,这些动作和录音原声带相比非常镇静,不过抽象的编舞幽默地利用了存档文件中偶然的韵律所提供的支点,这出舞蹈微妙的讽刺让人们明白,事实上没有人被这种完美而令人兴奋的普遍互补性所愚弄,彼时的约翰·凯奇,那些实际上很开心可以自由发泄拉丁人愤怒的声音洪亮的意大利观众,现在普雷祖卡舞团的舞者,那些与观看约翰·凯奇演出的观众正好隔了四十年[①]的镜像般的普雷祖卡舞剧的观众们,他们都没有被愚弄,所有这一切都处在一种难以抗拒的巧妙的层次、风格与时空的透明性的混杂之中,就好像这些维度都被压缩(混合)到了一个平面上(一个球体里),这个平面(球体)就来自观看这四位舞者优雅地游乐所得到的乐趣,而优雅源自这个重新制造的当下,我们所有人都神奇地被包含在这个当下之中,无论我们现在或曾经,在这里还是别处,在米兰或者巴黎、纽约、普罗旺斯埃克斯。这一切就是缔造智慧的力量和普雷祖卡这部舞剧犾點超脱能量的基础,真是一部杰作。

五月二十八日下午五点三十七分从里昂帕尔迪厄站出发,晚上七点十八分到达马赛,晚上七点二十八分转车(可不能在站台上溜达,火车也不能晚点,我祈祷着),晚上七点四十分到达普罗旺斯埃克斯,舞剧在晚上八点三十分开场:完美,我就这么做!

二〇〇八年五月二十八日在普罗旺斯埃克斯黑楼舞蹈馆[②]上演的《空舞》第二部分同它的第一部分一样展现出催眠和使人眩

[①] 原文如此,此处约翰·凯奇1977年的演出距《空舞》2008年的演出应是三十年左右,有可能作者在创作时联想到此书将于2017年左右面世,于是或下意识或故意为之。

[②] 原文为Pavillon Noir,由著名建筑设计师鲁迪·里奇欧蒂(Rudy Ricciotti)设计,2006年启用。是专门为普雷祖卡芭蕾舞团,也就是普罗旺斯埃克斯的国家舞蹈中心所建。

晕的特质,它像精神类药物一样用一种在精神上和身体上都会产生彻底改变的力量对观众施加影响。这部舞剧很受欢迎。掌声持续不断。观众们走向出口时都恋恋不舍。

演出结束之后,我们临时起意去老城中心的一家餐馆吃晚饭。老板让我们坐在外边,餐馆的花园里,一张长方形桌子的两边。我们有十几个人,主要是安杰林的合作伙伴,还有他们的一个女性朋友,我是第一次见她,我们就叫她玛丽(此处是化名,因为通常都会这样处理和特别说明,就像报纸上详细报道正处调查之中的社会新闻的文章那样)吧,一个埃克斯人,我以前就听安杰林说起过她,因为她从事的职业直接与他的芭蕾舞团有关,还因为她曾病得非常重。上一次我听别人提起她时,还是在二〇〇五年一次芭蕾艺术节上,有人向我透露她也许很快就会去世,她被诊断出了绝症,这也解释了那时她在那场埃克斯人的聚会上引人注意的缺席。她的名字就这样在我的脑海里和那种她曾经患上的重病联系起来,如果说自那以后我没再听人说起她,或者我一点都不记得被告知,后来她活下来了,这是因为她也不是和安杰林很亲近而我从未见过她(实际上我完全忘记了有这样一个人),而现在我被安排坐到她旁边,她的左手边,并被人介绍我们认识。在听到普雷祖卡芭蕾舞团的女经理向我介绍这位女士,也就是我们一直在说的我们亲爱的朋友玛丽·X的时候,一切都重新涌现在我脑海里。我知道她是谁,我清楚她生命中不久之前一段时间里的可怕经历(另外这段时间仍处于那众所周知的五年之中,过了这五年后我们才能开始想象也许我们能幸存下来,癌症不会复发),而她就在我对面,活生生的,在餐馆的花园里,而在坐在对方身旁之前,我们还相互贴面打了招呼。这个女人的身体曾经是一种残忍而又极度危险的疾病肆虐的地方,这病比玛戈前一年经历的发展迅速的乳腺癌破坏性更大,在罹患如此严重的胰腺癌的情况下,几乎难以想象她可以熬过去。有一天医生甚至都通知她只有六个月的生命了,但这个判断不久之后就被无法解释的癌细胞扩散的中止推翻了,这是三个月之后另一次在埃克斯停留时玛丽告诉我的。

这个要在我身旁一起进餐的年轻女人简直就是被圣迹治愈的病人。

整个晚上都很愉快,惬意,有趣,亲密,精彩并且非常放松,尤其是,产生于其间的东西,那就是我开始对玛丽产生了一种迷恋,一种身体上的吸引,而且我觉得这是非同寻常地玄奥的。

我发现自己被扔到了大脑中一个之前我不知道的区域。

直到现在我都不会刻意用欲望这个词,因为它远远不够。当然,这个女人的身体并不是不吸引人,但是这种单纯的身体上的诱惑不足以引起这种正在占据我头脑的感觉。

玛丽之所以如此地吸引我,那是因为她的存在所带来的影响是与生命的感觉相关的,是与在自己的身旁有一个我们能感觉到的活生生的人,这样的意识联系起来的——让人惊讶的是感觉到这种意识以一种如此明显、真实的方式表现出来,完全超出了老生常谈或者故有的观念,它是通过一个人展现出来的,我们看着这个人就像我们迄今为止都没有看到过也没有感觉到过一个人那样。

坐在我右边的绝不仅仅只是一个迷人的女子。而是生命,就是单纯意义上的生命,生命化身为一个女人的身体,她会说话,走动,吃饭,微笑,倾听,看起来很快乐:这本不该再存在的身体,却依然在这里,呼应着我在过去一年甚至最近几个月所见识到的一切——所有的这一切都没有结束,一切都是没有完成的,开放的,在进行中的,没有缝合的,就好像玛戈差一点就复发了,而我们的生活又重新突然陷入到恐惧之中,就好像一年半之前就绷紧的弓必须在不确定的一段时间之内继续紧绷,而我当时甚至都不知道是这样(直到第二天中午,就像我后面会讲述的那样,我才第一次意识到，为了不让玛戈死去，这张弓其实一直固执地拉紧着）。所有这一切在我身上以一种喷发的方式展现出来，以至于在玛丽和我之间不再有任何谨慎或者礼仪的界限，我们对彼此语句的关注（那是相互打量、强调并保持一种默契的托词，而我们感到这种默契要比交换这些表面的话语所涉及的更加深刻而根本）将我们与对方联系起来，我们的身体相互吸引着，紧挨着，有时还会在我们朋友不注意的时候（但也许在他们看来这很明显，对此我什么都不知道而且我一点也不在乎，我那时不在乎，现在也依然不在乎）互相挨着停留一会儿，这来自身体的亲近也将我们联系起来。我们互相理解。我明白她是站在何处说话和看待这个世界。通过玛戈的中介我认识了这个地方，并且去年我自己也在那里度过了此生以来最极端的六个月。彼时我是那样的疯狂以至于认为自己可以，凝视她并且直截了当地在所有人面前拥抱她，用我的嘴唇、舌头，去触碰和敬仰她脸上显露出的如此宝贵的内在生命力，去喜爱和崇敬这对我来说变得如此珍贵的生命，她的脸庞、舌头、嘴唇所体现出的生命，玛丽，我的爱。这其中并没有什么不合适或者不得体的事，也没有粗俗和令人反感的部分，相反这是纯洁、神圣和有宗教意味的，也许她本人也会这样理解和接受，在所有人面前，就在晚餐时，毫不反抗地接受这个吻。

（为什么当事情势必要发生的时候，我们没有做这样的事？我们没做这样的事，我们不敢，这很可惜。如果敢于这样做，这个吻，应当是美的。）

我再也无法把自己的视线从玛丽身上移开。从她的脸、她的手、她的胸脯、她的头发。从她的嘴唇、她的牙齿。从她的皮肤。从她的微笑。从她的目光上移开，那目光中流露出谨慎的，同意被这样注视的微光。……我想要她。我想要照顾她。想要从此以后她身上什么都不要再发生，再也不要，严格禁止任何事情，再也不要。想要她活下去。想要她活很久,并且漂亮、幸福、被爱着、被渴望着。我爱你,玛丽。我不会放弃你的。你什么事都不会有的。你会活下去。相信我,玛丽,我在这儿,别担心,看着我,你会活下去的。我爱上了她。直到今天我还能够说出当时她是如何穿着的。

玛丽闪耀着,她是饭桌边上唯一一个如此闪耀,释放出这样光芒的人,而那在她身上、眼睛里、在她的存在中、姿态里、在她的面孔上和脸上的表情中闪耀的,就是她活着。

我看得出来她之前病得很重。她的睫毛和头发曾很稀疏,注射到她身体里的大量化学药物所带来的强烈侵蚀将她的皮肤变得平滑而有光泽,就像河边的鹅卵石那样如奶油般光滑,生过病的痕迹几乎被抹掉了,但我仍然能够分辨出来,因为曾在玛戈身上见过它们,我见过它们并且爱它们。是的,爱,我特意用了爱这个动词,因为看到这些改变了我妻子的身体时我完全心碎了,也因为尽管有这些痕迹我还是充满性冲动地爱着她,因为我不想让她感到自己由于它们而被拒绝。甚至,我想要她感到由于它们,在它们的包裹下而被珍爱。在晚餐时,一种性质相似的情感使得我为了能够最大限度地在身体上贴近玛丽而靠近她。我想让她感到自己被我爱着。我们聊着天,我在她的脸上看出了或者认为自己看出了她之前病得很重,我因此而更爱这面庞了,这幸存者的美丽面庞。

一个机灵有趣的棕红发姑娘当时坐在我的对面,我能很敏感地觉察到她的魅力,因此在晚餐开始之前,我对我们很偶然地坐在了彼此的对面感到很开心。还有别的年轻女孩也在场,也许都要比那时的玛丽漂亮,客观上来说她们要更有吸引力,但是玛丽让她们所有人都黯然失色了,其中也包括坐在我对面的那个性感迷人的姑娘,两人之间的对比曾一度让我感觉她整个黯淡了,完全就很普通,空洞而无聊,她不再存在了。

在我的眼中,玛丽是餐桌旁唯一活着的人。别人都不是活着的,别人都是死去的,他们都是死去的因为没有闯过鬼门关,因为没有死里逃生过,因为他们从来都没有从心底里明白活着意味着什么。死而复生让玛丽真正地活着,真真正正活生生的。不是仅仅活着而是活生生的,也就是说在她的生命中活着,而不是在她的生命中死气沉沉,不是在她的生命中半昏半睡,不是在她的生命中漫不经心忘记了生命,就像现实中大多数人那样,那天晚上,在晚餐期间,这体现得再明显不过了。

在这群人中玛丽因为她那很强的存在感而使人敬服,而我好像是唯一一个意识到这点的人。我不是在谈论激动,兴奋,愉快,恰恰相反:她那时是静止的,平静的,安静的,稳重的,几乎是腼腆的,但她表现出一定程度的比其他人更高级的炽热和在这个世界上的存在感。

我右手边的这个年轻女人是一个精致的珍宝,像一朵花一样脆弱,却奇迹般地存在着,我所体验到的来自她的吸引只不过是我因她活着而感到的蔓延浑身的幸福,还有占据我头脑的让她继续活下去的强烈渴望。

我不想要她死去。我不想要她再次病倒。我正在变得疯狂。这个陌生人的出现为我展示了一种值得注意的情感封锁,这封锁在前一晚还是毋庸置疑的,它是在去年一年的时间里在我的身上堆积起来的,现在它到了近乎疯狂的地步,这是一种我在不知不觉中正渐渐深陷其中的疯狂(我依然忽视着它的存在)我以为自己渴望这个曾病得很重的安杰林的朋友。她可能会死去的想法对于我来说是完全不能容忍的,完全不能容忍,完全不能容忍:我对她的渴望在这种循环往复的拒绝中扎根,而且这渴望会随着时间的流逝加强。我正在变得疯狂,就在晚餐期间,在我们朋友们面前,在这个年轻女人旁边,但我当时并不知道这一切。想象着玛丽旧疾复发,她痛苦着而后以死亡告终,这触动了我身上无法安慰的某些东西,我才刚刚开始瞥见它神秘而可怕的存在(但我没有能力为其命名,也没有预料到它在我身上会变成什么样子,如果对它的即时翻译做一个概括的话,那就是:我想要和玛丽做爱,但就算是这样的解释都让我觉得不准确)而直到第二天午餐的时候,在里昂高地上,它才爆发,让我陷入深渊之中。

我知道她和我之间什么都不会发生,考虑到种种情况这是不可想象的并且这并不重要,事情并不取决于这一点,你们之后会理解的。甚至更美好的,是对这个女人有如此程度的欲望这件事本身(因为我已经很久没有对一个陌生人产生欲望了);是我由于刚刚阐述的原因,或者更确切地说是由于构成了这独特吸引力的出乎意外的多种元素的混合体,而对她产生欲望;是不能实现这种欲望,让它停留在惊愕,纯净的感情,抽象的震撼的阶段。因为这突然的吸引只不过是一个令人难忘的顿悟而已,当你在一顿晚餐的时间里就想带一个女人回去过夜,如此的欲望很少会带来这样的领悟。

但将这顿晚餐明确清晰地表达出来对于我尤其重要,这就是为什么我能在这里讲述它,彼时玛丽透露出的脆弱在我身上引起的反响就是对于失去玛戈的恐惧,那晚当我想要玛丽的时候其实我想要的是玛戈,我是想要和玛戈做爱,当她生病并且在化疗的作用下每况愈下的时候,她和我,在身体上、情爱中,相互给予的是爱的纪念,这是为了生命之火不熄,而这个女人容光焕发的存在让这爱的纪念重新爬上我的心房。通过想要爱玛丽我想保持的是生命之火熊熊燃烧。我想爱的是世界上所有生病的女人还有所有在与死神抗争的女人,我想帮助她们生存下去。希望疾病再不存在,希望再不会有任何被爱的人因为不能治愈的重病而死去。我是从这强大情感的内核来看待玛丽并渴望她的。

晚餐过后,一到安杰林和瓦莱丽家,我就被安排到当时他们用来接待来访朋友的复式屋顶阁楼过夜,我一边想象着我和玛丽在做爱一边爱抚着自己,我仿佛看见了玛丽的身体,它很美,它让我兴奋,我抱住她,我们拥吻……然后我就睡着了。

我已经不记得是什么原因让我在第二天一大早就离开了普罗旺斯埃克斯,我匮乏的记忆带来了粗暴的断面,接下来的画面总是显示,我已经在里昂高地一家咖啡馆的露台坐下来要吃午饭了,这是一顿吃得很晚的午饭,都快要下午两点或者三点了,咖啡馆没有很多顾客,周围的消费者也不是很多。在这之前我心情愉快地散步,在走了相当崎岖的一段坡路之后我才到达这家小餐馆,最后我要在那吃点东西,那时我才开始感觉有些饿。

在向过来招呼我的服务员点了一份沙拉和一杯放柠檬片的巴黎水之后,我给玛戈打了一个电话想和她说说我那天晚上的事。她问我是否还好,我的声音很虚弱。我和她说自己因为晚上九点即将开始的论坛而感到害怕。在四五百位买了票来听作家讲座的人面前谈论我的作品和文学让我非常激动,我害怕了,我想回巴黎。玛戈回复我说不要焦虑,圆桌讨论不会是我一个人,她一点儿都不担心我,再说我写的文章还很美,她确信我会很完美地完成讲座。之后我还是和她说起了不仅是论坛带来的焦虑使我的声音很虚弱,前一晚在埃克斯,演出之后有一顿晚餐而在晚餐上我很想她,因为我正好坐在一个之前病得很重的女人旁边,一场癌症差点要了她的命但是她躲过去了。而且她洋溢着生命的光彩,是昨天晚餐桌旁最有生气的人,你不知道我看到她如此富有生命力有多么感动,她本来是会死的……我昨天晚上想起了你,你也是一样,你还活着,你战胜了癌症,你还活着我太高兴了……昨天晚上我对自己说,玛戈你还活着,这太美太不可思议了(我说这最后一句话的时候声音里充满了情绪,但我努力淡化着它;我觉得这太老套了,我因此而感到羞愧;我对我的妻子说我很高兴她没有死而且哭泣的前奏出现在了我的声音里,要把这句话噎住,好可怜,这太容易了)。……昨天晚上发生的事情太奇怪了,我不明白……我很高兴这个女人活着,高兴,高兴,你不知道到了什么程度,这很难解释,我不知道怎么向你解释这些。而我并不认识她,你看,这个女人,我本该毫不在乎她的!……但她是那样容光焕发,怎么说呢……活着。就是这样。活着,就是这样……焕发着生命。在这个女人的身上,也许就是这一点震动了我,她知道自己可能不久之后就会死去而知晓这件事让她变得比别的任何人都更热烈。昨天晚上所有其他的人都没有意识到他们正在活着而活着是一件神奇的事,一件我们应该去思考的事……对不起……一件我们应该去思考的事……不好意思。(停顿。我听到玛戈问我怎么了,发生了什么,但是我当时不想回答这个问题,尽管我知道这是唯一的关键性的问题。)然而这是一件我们应该在存在的每一秒钟里都思考的问题,你不觉得吗?在这个女人的身上,我想正是这一点打动了我,她活着而且她知道,她让我感觉到她知道自己活着……而这使我震惊……现在还在使我感到震惊,并且到了一个程度,你不能……你……这……这也许只是因为她会……她……(沉默。这一切来得如此之快,而且带着一股让我感到灾难的力量。我深呼吸。我看着远处尝试着去想想别的事情,去想一只自行车轮。我害怕在说出下一个字的时候所有的一切都会爆发。)是的?你说什么?也许她会什么?她什么?玛戈问我,她感到有一些事情正在发生,而这事并不是无足轻重的。(沉默。长长的呼吸。我开始看不见下面的里昂城,它消失在正在升腾的水汽之中。)你想要和我说什么,埃里克,关于这个安杰林和瓦莱丽的朋友?不,没什么,没事,我们说说别的事吧,这会过去的。我还有这该死的……(停顿,呼吸,主要是挡住这正要冒上来的东西,主要是挡住这正要冒上来的东西,它会席卷一切,我感觉到了它,我知道它)……我还有这……今晚这该死的论坛会面让我心烦,我不会……你看……我不会除此之外还要让自己……不,你告诉我,我们谈谈这事,我们不去论坛了,关于这个安杰林和瓦莱丽的朋友你想要和我说什么?(沉默)也许她会什么?我想要她活着,我回答道。你也是一样玛戈,我想要你活着。你也一样你也不能死去,你不会死的,我不想你死。你会活下去的,你们都会活下去的。你们两个都会活下去,我想要这样。

就在这一瞬间一切都被炸得粉碎,我已经十分痛苦地忍了好几分钟以防眼泪突然奔涌,但哭泣还是猛然在我的句子里爆发了,就在我向玛戈叙述我昨晚的愿望,是这个年轻的女人不会死,她会活着的时候。我哭着告诉玛戈化疗在这个女人的身上留下了和她身上一样的几乎难以觉察的痕迹而且我想到那些像她们俩这样优雅的女人们不得不因病而忍受像大量注射化学药品这样残忍的事,她不知道这让我多么地伤心,我重新想起了我们去年经历的事,这让我如此激动,我不想再,我不想我们再次经历这一切(我一边说话,眼泪一边加倍地大量涌出)……我不想你再经历这些,玛戈,我不想你再掉头发,我不想你的头发再在淋浴时掉到你手里满满的一捧……我不想要你再害怕,我不想再看见你被吓到,我不想再看到你因为想到你的孩子要没有妈妈了而哭泣,我爱你,这太可怕了,我不想再看到你形容枯槁地回到家只因为居里研究院的大夫为了要在一张行政事务表的选项上画钩,手里拿着他的钢笔,毫无顾忌地,冷漠地,没有丝毫防备地和你说,如果最终我们得切除您的乳房,您想要让我们将两侧乳房都切掉吗?我再也不想要这种不人道的残忍行为了,我也不想要安杰林的这个朋友再经历这些,这病真可恨啊……该死,他妈的,真可恨,真可恨……天啊,该死,他妈的,我今天是怎么了,发生了什么……对不起,原谅我,这很无聊……但是总之,她不会死的,埃里克!玛戈和我说道,为什么你想要她死?(我哭着,我不能自已地哭得越来越厉害。)她的病治好了!你自己和我说的,总之,昨天晚上,她焕发着生命力!她是什么时候生病的,已经很久了吗?(眼泪加倍涌出,呜咽。)埃里克,她是什么时候病的,这个女人?很久了吗?对不起,你说什么,我的爱?我没懂,你声音太低了,再说一遍,玛戈和我说道……当时我根本说不出一句话来,啜泣接连而来并且越来越严重,我开始明白这要持续几小时,尤其是我得接受这件事令人厌烦的必要性,不要试着去逃避,去控制,也不要尝试去减轻这迸发正在向我揭示的痛苦(这样的迸发实际上就只是我真实状态最确切和惊人的表现),我甚至只想毫无保留地放任自己沉浸在这激烈的啜泣之中,顺从它,让它把我变成它的堕落、脱臼的作品,那在眼泪、黏稠的口水、颤抖的叹息的旋涡里摇摆抽动的洋娃娃。埃里克,我在这,你怎么了我的宝贝,回答我,别哭了,你为什么哭?我当然是康复了!最后我当然是康复了!我不会死的!埃里克,我不会死的,别哭了!这个女人也康复了!她也不会死的,我和你保证!相信我!但才不是这样的,我们什么都不知道!在我那因为眼泪而变咸的大量浓稠的口水中,我终于说出了话,我们不知……我们不……我们什么都不知道!两年后也许她就死了!这太……这……这太让人无法承受了,这种想法!她是什么时候生病的,这个女人?你知道吗?埃里克,回答我,说点什么,我听不到你了,喂,喂!说点什么!……我再也说不出话来了,但还能听到我的声音,就好像孩子们哭泣时会发出呻吟一样,这声音在液体元素中具象化,就像一位冲浪运动员的剪影,……与巨浪的轨迹相贴合,直到前浪被坍塌的后浪吞没,跌碎和完结。在滔天巨浪形成的圆筒中每一次短暂的滑行,从容自如。我欣然放任自己沉浸在哭泣的惊人力量之中,就好像数小时的波涛汹涌已经在前几个月悄悄地储存在我内心深处,而释放它们是我那天唯一能做的事,也许这也是最温和的事了。断了线似的泪水流到我的衣服上、我的沙拉里、我用来擦眼和脸的已经湿透的餐巾上。我想到了玛丽,我想到了玛戈,我想到了这两个女人的脆弱,她们被医生称作是获准缓刑的人,不比这更多也不比这更少,就是获准缓刑的人,处在暂时性康复中,这都要归因于近期潜在的复发风险,一旦复发这次就很有可能是致命的。我不断重新看到玛丽的脸庞,而想象她会对某天早上由医生在医院那可怕的办公室里传达给她的坏消息如何反映,让我的眼泪加倍涌出,对我来说完全不能忍受想象那样容光焕发的玛丽在她那获准缓刑的人性脆弱中控诉这不容置疑的复发诊断,我的脑袋想象着玛丽的脸庞,那昨晚晚餐时被如此珍爱的脸庞对这个残忍判决反射出恐惧,这超出了我的能力范围,我的啜泣变成了嘶哑的喘息、极端痛苦的动物般的呻吟。随着时间一分一秒地过去,占据我整个人的眼泪狂涌的奇观却越来越严重,另一头是心乱如麻的玛戈,通过电话,隔着四百公里的距离,她没办法安慰她的男人。毋庸赘言,在我的头脑中看到玛丽的脸在面对像她的胰腺癌复发这样确定的不幸时反射出极度不公平和令人愤慨的惊恐,这让我终于正视了自己几个月来固执地压抑和消除的恐惧,尽管是通过另一个女人,一个代替,但直到那时我才发现这一切:对于玛戈癌症复发的恐惧……也许甚至还有在二〇〇六年十二月我曾有过的,无法估量的,也顷刻间便被磨灭的恐惧,那是为了能够面对当时的情况和帮助玛戈勇敢地迎战它,还有为了能够尽可能从容地写我的书:这样的恐惧是玛戈,我生命的挚爱,可能会死去,确确实实地死去,从我的生命中消失,那时我十分注意不去全面估量当时那些情况所意味着的难以言喻的危险——现在看来我从未直面过这一现实的可怕风险(就好像我们不会直视太阳一样)我曾产生的,为了能够帮助玛戈的有益反应,它是不去认真对待乳腺癌的危险性，它是强迫自己把这些危险清除而不是沉沦于我妻子的死对我意味着什么的意识，而我正为此付出高额的代价——可以说我从未真正考虑过她的死，甚至都没有让这个想法在脑海里停留超过几秒钟（而我能想起来的那几秒钟充满了纯粹冰冷的恐惧），从未，绝对从未有过。而一年半之后，二〇〇八年五月二十九日的午后，在里昂高地上，离我出席国际小说论坛还有几个小时的时候，这个保护和无意识的泡泡终于被捅破了，我曾躲避其中，不是为了怯懦地逃避疾病，恰恰相反，是为了更高效地应对它，而这已经被证明是最好的方法了，这很确定，当然如此，而不是我放在一边的那些东西像恐惧、悲伤以及没有经历过的可以说是被排除在我的意识空间之外的清醒明智。

我一直不停地哭到晚上七点左右，大部分时间是在我决定吃午饭的那家小餐馆的露台上（最后我在那儿吞下了沙拉，我一点儿都不饿，只是为了不要在将举行圆桌讨论的军需处①大厅的舞台上晕倒）。

那个女服务员来看了我好几次，她为我难以消除的悲伤感到慌张和怜悯，想要确认我需不需要什么（我感到触动了她的不安，她那激动的无力感），但她始终带着不要显得自己太烦人的担心。她时不时地递给我额外的纸巾，拿走在我桌子上堆积的被泪水沾湿的纸球，带着温柔的微笑用轻柔的话语问我是否需要其他的东西，然后我就向她要了一杯新的意式浓缩咖啡。我在她的眼前毫不腼腆地哭着（我几乎不掩饰自己，不过却避免和其他顾客发生眼神交流），带着一种她应该会认为让人为难的，可能会使她惊慌的质朴。有一次在要回餐馆大厅时她甚至把手放在了我肩膀上，

---

① 原文为 Les Subsistances，本意为军需处，是里昂经常举办文化活动的场所。历史上它曾作为修道院和军需处存在过，1998 年之后改建为艺术创作中心。

时间很短暂,像安慰一般轻抚,这是一个大胆的举动,作为一个餐馆服务员这几乎是不太合适的,这个举动在我身上产生了与我们所能想象到的它的目的相反的效果:在这个人道主义的表现面前,我的眼泪加倍涌出,我也不想要她死去,这个可爱的小服务员,我想要她也活下去,我几乎就要把她叫回来告诉她我爱她,并且长时间地把她抱在我怀里,问她身体好不好,恳求她照顾好自己,定期做乳腺造影,祈求她如果不幸生病了要给我打电话,我会照顾她的,在她生病的时候我会全心全意地爱她,她会幸存下来的,等等。

那时我处在一种可怜的状态之中。

如果我没有决定必须停止这种举动,好以一个不仅是身体上还有情绪上体面的状态,出席论坛,我还能一直这样哭几个小时,一整个晚上,直到第二天早上(我感到自己身上仍有源源不断的泪水,还有渴望,深深的渴望)。

在宾馆的电梯里,我遇到了一个不太熟识的作家(我不记得是谁了,是一位女士),她看到我那古怪的面容,用典型的所谓纽约客的幽默发表了一个毫不客气的评论,并为我那晚的圆桌讨论加油!——这个评论只是照亮了那个把我和外部世界隔开的深渊,于是我模糊地预感到当晚将会是十分荒诞,不可能度过的,参与不到其中的,毫无疑问只有我可见的外在部分会登上舞台,那只是一个人形模特和纯粹的肉体外壳,剔除了所有的精神实质,还因为泪水、啜泣和情绪而浸透和肿胀着——别无其他——我这样一个惯常在社交方面那样谨小慎微而胆怯的人,表现出对一切漠不关心的样子,在按下电梯关门键之前,热泪盈眶地,生硬地回答了这位女士:恰好,我还不知道要不要去呢,您想想吧!

我停止了流泪,没有了眼泪的给养,徒然的抽泣回响在我的胸膛里就好像玩具气枪的一次次打击,我得承认我觉得这逐渐的下落,这中断并轻柔衰退的状态很令人开心。

之后的画面便显示我和其他作家一起坐在了一张桌子的后边,被射灯的灯光弄得眼花,面对着一个浸入黑暗的陡峭斜坡,那是只露出上半身的人们。因为这正面的灯光使人目眩,同时又流着涎,有一点脏和模糊,我们看不到观众,逆着光,只能看到一片巨大的昏暗,几乎和我们垂直。在远处那深深的黑暗之中,固定在大厅顶部的定向射灯发出了侵入性的、强制性的、不适宜的光线,如此一来我得像剧院演员一样,在满眼都是这样光线的情况下,对着黑暗说话吗?

如果能看到观众,那么用眼神交流将我们联系起来的可能就会让我与人性重新连接,也就是做出别人当时需要我做的事:对来军需处听作家讲话的真实存在的人们说说话,我会抓住两三个宽厚的脸庞来逃出这种隔离,这种软绵绵的,令人欣喜地退化的,几乎是昏睡的,还有一点抽泣的隔离状态,我的哭泣使我深陷其中(就像我们把一个物件钉进沙子里来让它消失一样,就是这样,我的抽泣将我埋到了内心世界的沙中)。然而当时,面对这些隐藏在黑暗中的观众,他们在那个时刻被我推测成好像是一群令人厌烦的挑剔的人,准备好要跳到我身上把我撕成碎块,就好像我被自己的悲伤推进了一个完全虚构状态:感觉上那是一个不真实的结构,我不能够完全相信它,它自相矛盾,像鬼魂一般缥缈同时又很尖锐,遥远而可怕,抽象却能食人,会分秒即发地镇定却又敏感地变成一种危险——从黑暗变成颌骨。我处于一种衰弱的状态之中,考虑到我身上的绝对沉默还有内心以及情绪的完美静止(这静止实际上十分脆弱:就像一个在短暂失去平衡之后刚回过神的走钢索的杂技演员的静止一般,一个之后只可能会掉落的杂技演员,可以说是已经死了)。坐在这张会议桌后,前面是看不到的众多安静的观众,这便是最奇怪,危险,不可思议和与现实错位的事了,我独自一人面对着,实际上,让我哭泣了整个下午的事:人类的整个未来那可能令人沮丧的未知,简而言之,就好像隐藏在射灯照射和这明亮光线的投射后面黑暗之中的这些观众就是我们未来所害怕的东西,但我们却又不能自然而然地分辨它,预料到它,这就是一种模糊的恐惧,模糊而又内在,还有对于死亡的意识,那总是不怀好意地在附近徘徊的死亡,它随时都可能以意外事故的形式突然发生,然而在那晚更确切地说就是会以某天早上穿着淡色工作衣的医生在医院那可怕的办公室里宣告的一则坏消息的形式出现,玛丽我有一个坏消息要告诉你,我很抱歉,你的化验结果不太好……就这样当主持人在介绍那晚主题,还有各位发言人的身份及简要经历的时候,我又想哭了,我突然听到了有人喊我的名字,我从转向我这边的主持人的面孔上明白了他请我向观众微笑致意,就像在我之前的另外那些参会者在一提到他们的简历时所做的那样。于是我就向观众们微笑,我记得那时我在想他们的细胞组织中是否有恶性病变,这些半身的可疑阴影到底是健康的细胞还是已经转移的癌细胞,另外当时我眼中的图像也与核磁共振或者B超的底片很像:黑色,灰色,透明的乳白色,人们隐约看到的如月球表面般的大块和凸起,还有弥漫白色光线的气雾。

主持人提议让苏格兰作家第一个读文章,他是用英语读的,但是我们都戴着可以接收同声传译的耳机。我将耳机戴到耳朵上,迷失在自己的空想里,听着那滞后的,特吕弗式的声音,这声音从翻译到语调都充满了六十年代的气息,我思忖着还要忍受这痛苦的考验多长时间(然而事实上它才刚刚开始),于是我想实际上我们(我们这些作家)就是那有待化验的癌症组织提取物,我感到自己好像在一位严格的病理学专家那白得耀眼的试验台上,被压扁在一架显微镜下的两块玻璃片之间(浸泡在我啜泣出的液体中)——而隐藏在黑暗中的观众正是放大倍率非常高的设备上那强大的透镜、可怕的光学部件,对于这设备来说被检材料的任何秘密都无处遁形,它能看到一切而且正无限放大并特写展示我灵魂中那明显的痛苦。也许观众们正对我的不适、我的悲伤、我那遭遇危险的艺术家的错乱细胞感到非常高兴?棕色长头发翻译那非常六十年代的嗓音(我这样想象她:我当然想到了克劳德·杰德①,也算是小小的安慰了)继续通过耳机,将苏格兰作家那冗长文章的法语副本,传到我耳朵里,直到这时我才注意到他,他将我的目光带到右下方(在隐藏于黑暗中的观众那强大的放大镜片敏锐而充满洞察力的注视下),这位苏格兰作家,我的天啊,绝对是这天晚上的噩梦,实际上我不是正在经历这一切,它并不存在,我只是在幻想……我死了……这位苏格兰作家,我觉得,他穿了一条旧的黑色缎子运动裤,上面还有液体变干之后模糊发白的污渍(是精液?石膏?他是穿着今晚在国际小说论坛上炫耀的同一条运动裤重新装修了他的浴室吗?还是他在来之前刚自慰过,就像我前一晚在埃克斯的朋友家的复式屋顶阁楼里那样?)黑色缎子运动裤和栗色鹿皮鞋搭配一起穿,不,我不是在做梦,他确实敢这样做:黑色缎子运动裤和栗色鹿皮鞋搭配一起穿,我马上抬起眼看向他的上半身(他严肃地读着他的文章,就好像刚刚给他颁发了诺贝尔文学奖一样),我看到他在一件带拉锁的绿色羊毛套头衫的里面穿了一件城市职员的衬衫,在观众们本该极具洞察力的目光的注视下,我把头转向另外一边,我的视线在美丽而娇俏的法国女作家那容光焕发的脸上停留了一霎,我观察到她身上文学女青年那繁茂的存在正在射灯的灯光下慢慢膨胀(就像一株真正的蕨类),她明显有意用她那由智慧、魅力、幽默、哲学深度、博学所组成的攻击消灭这场圆桌讨论……也好,也好……她讲得时间越长,我的状态

---

① 克劳德·杰德(1948—2006),法国著名女演员,出演过多部法国新浪潮导演特吕弗的电影。

就会越好……尽管如此我还是偷偷从外套右边的口袋里拿出一板佳乐定①并吞了一粒……然后立马又来了一粒,我觉得自己的状态越来越糟……那些看不到的观众是否看见我刚刚往嘴里塞了一个小小的粉色长方形药片?……然后紧接着就又塞了一片?……这个坐在圆桌中间的法国作家刚刚悄悄塞到自己嘴里的小东西能是什么呢?毒品?薄荷糖?镇静剂?(另外这个作家看起来身体状态不是那么好,他可没把自己当成无足轻重的小人物,这位带着他那缺席而空灵的气质的作家,就好像司汤达作品中马上就要晕倒的主人公……他看起来好像感到很烦躁,又是一个没有辜负自己庸俗势利名声的人……然而她恰恰相反,你看到了她是那么美丽而娇俏,大方……看起来好像很高兴能够出现在这里,和这个可怜的时尚弄潮儿完全不同……)苏格兰作家仍然还在宣读着他的讲稿,然而主办方是让我们写一篇朗读时间不超过六分钟的文章,但他读着,他,这个苏格兰人,至少读了一刻钟……总是有这样的人,他们总是必须不慌不忙的,总是觉得自己是那么合情合理而且备受期待(尤其是英语国家的人),以至于他们能在被要求只在那里露个面的地方马上建立起一个王国……冷静点埃里克,不要这样厌恶你的同侪,这最后会被看出来的,那就令人难堪了,就是因为这点你才一直被人诟病……你才独自一人……别的作家才回避你……去喜欢他吧,这个苏格兰人……宽容一点……你才不在乎他的栗色鹿皮鞋一点也不配(啊!可是一点都不配啊!),他那可悲的黑色缎子运动裤……毕竟他也是一样,他也可能在未来一年罹患胰腺癌,而你会爱他,你自己那破碎的心所生发出的同情的冲动会把你一直推到苏格兰他的家里,你会带着真诚的热忱把他抱

---

① 原文为 Xanax,学名为阿普唑仑,是用于治疗焦虑症、抑郁症、失眠的药物。也可作抗惊恐药物使用。

在怀里,就像如果玛丽的癌症复发,你会带着同样的热忱跑去拥抱美丽而令人心碎的玛丽(眼泪又充盈了你的眼眶,这下完了,这下完了……你会在研讨会上号啕大哭……在五百人面前……别再想玛丽了埃里克,别再想玛丽了,别再想玛丽了,用指甲掐掐拇指,别再想这个女人了,不然你会哭的,这是肯定的……想想苏格兰人的鹿皮鞋,把你的目光放到苏格兰人的栗色鹿皮鞋上,就是这样,就像这样,把注意力集中在那上面……),你也许会去爱丁堡并且在他最后的时日里照顾他,你会爱他,是的,不会像今天晚上这样,你会爱他,他会整天都穿着他的运动裤,而归根结底还有什么比这更正常的呢?在医院的病房里作为一个胰腺癌晚期的病人除了运动裤他还能穿什么呢?……你会陪他到爱丁堡公立医院的花园里而他会为了散步而穿上他的栗色鹿皮鞋,再正常不过了,到了胰腺癌的晚期,不在意分辨栗色鹿皮鞋和黑色缎子运动裤是否能够搭配又怎么样呢?……啊,我觉得主持人正在和我说话,我好像听到了我的名字,我把看向苏格兰人栗色鹿皮鞋的眼睛转回来,眼眶里依然有眼泪在打转,之前我正把注意力集中在苏格兰人鹿皮鞋那陈旧的栗色皮子上,好让眼泪不会流到纸上,最后我将脸转向主持人,是的,就是这样,对我来说就是这样,他对我重复道该我来读文章了……啊,对不起,不好意思,好的好的,我就去,我来读,我结结巴巴地对主持人说道(他用在我看来十分惊恐的表情盯着我),于是我拿起稿子开始朗读。

我读我的稿子。

我开始读我的稿子。

在读稿中我停了一下,喝了一口水。

在读稿时有好几次,我都得停顿一下好深深吸口气。

我觉得自己要晕倒了。事实上我都没有那个力气。我处于一种极度虚弱的状态。

我构想的这个形式,是多容且镜面反照的,可以说是不稳定的(我读着纸上的文字),流露出一种不可判定的感觉,让任何人物的所有明确假设都变得不可能,使得多次阅读成为可能,可以在虚构和真实之间达到一个持久的平衡,将折射的自传与对我们世界的探索结合起来。

……

当我在一个准备在脱口秀舞台上屠杀明星的反动暴徒的身份之下重新创造自己时,难道不是以一种更具启示意味的方式,在自传中走得更远吗?(我读着纸上的文字。)

短暂的停顿。再喝一口水。我又想哭了。

在听过一些被用心排列拼接,磨圆边缘的段落之后,这次研讨会(我读着纸上的文字),可能会让你们觉得此后都能在盒盖上就研读出它们,你们并没有错,但对待拼图最好的方式难道不是让自己乐在其中地玩一下吗?

我重新抬起头以确认观众们是否会对这个俏皮话发出会心一笑(不是那么纽约式,所以也不是非常时髦,也就是说实际上一点都不好笑,而当时我正将其变成一种残酷的体验),但是除了使人目眩的灯光后面那一片无动于衷的巨大昏暗我什么都看不到,我没有听到哪怕一丝丝的笑,什么都没有,如墓穴一般寂静,其实他们都离开了,或者他们都死了,他们睡着了,他们没在听我说话,我觉得自己最后真的要晕倒了,在这可怕的黑暗深渊里,在这我正对它说话的山谷里,为什么没有人表现出哪怕一点点生命的迹象、赞同的姿态、温情的表示?

这死一般的寂静是什么?我刚刚讲了一个所谓的笑话不是吗?最基本的礼仪会让有教养的聆听我的观众礼貌地做出回应,只因为我尝试要博他们一笑,不是吗?你们不觉得吗?

(而苏格兰人,他那么才华横溢,风趣巧妙,说英语的人都那样,他不停地在人群中激起喷涌而出的笑声,他知道如何制造出效果,一个真正的艺人……)

我重新将眼睛转回到我的纸上并且继续朗读。

世界已经变得如此复杂,以至于不能按照非黑即白的几大类来处理(我读着纸上的文字),或者在其中实现细化主题的切割了。

谁是进步分子,谁是反动分子(我读着纸上的文字)?

谁是公正的,谁是有失偏颇的(我读着纸上的文字)?

谁是好人,谁是坏人(我读着纸上的文字)?

谁是左派,谁是右派(我读着纸上的文字)?

(我吞咽了一下。)

谁是有毒的,谁是无害的(我读着纸上的文字)?

对我来说每次它都好像有一个巧妙的剂量,而小说(我读着纸上的文字),和它使用的成分一起,应该能够提供一个衡量这一剂量的标准。

然后况且(我读着纸上的文字),谈政治却不谈经济,谈经济却不谈恐惧,谈恐惧却不谈亲密(会场里一片死寂),谈亲密却不谈爱,谈……对不起……谈爱却不谈美,谈美却不谈诗(一个小的停顿,我吞咽了一下),谈诗却不谈……却不谈……(这下完了,我觉得自己又要开始哭了)……却不谈马拉美,嗯,马拉美,这样有意义吗?(我闭上眼睛让时间过去三秒钟。再重新睁开眼睛。)如果我决定一部小说将涉及政治问题,那么它应该是关于马拉美的,它通常会将这些混杂的成分,包括政治的、经济的、感性的、情感的或者美学的成分,重新分配到不同的章节里。

我重复它(我读着纸上的文字)。

……

我重复它(我读着纸上的文字)。小说家应该创作出多容、巧妙、反常的形式,尤其是反常的形式(我读着纸上的文字),它会使得我们偏离惯常的认识,使得观点增多而且允许我们去思考一个综合的世界。

我放下纸,看向主持人,会场里响起短暂而稀疏的表示厌烦的掌声(我感到这个会场一点都不喜欢我),一个这样虚弱的会场,(在它与我个人的关联中)马上就要蒸发不见,而我自己也十分衰弱,处在昏倒的边缘。

十分感谢,主持人对我说,十分感谢你读了这……这篇文章埃里克·莱因哈特……当时他转向法国女作家,也许是因为我刚刚对那无关紧要的形式问题所进行的尝试遭到了惨烈失败,这失败应该很明显,她在此时变得,我自己也必须得承认,无比迷人,带着一种奇特的魅力:有种文学领域的费·唐娜薇①的感觉。

她微笑着十分放松,如沐阳光,非常惬意并且她不仅只活在灵活流动的想法之中而且也活在她那年轻女孩一般的身体里(她得有六十岁了,但是不得不承认她保养得非常好),同时我们又能感觉到她似乎很恶毒、咄咄逼人,我不会冒这个险,我觉得她很危险,我完全不是她的对手。

她读着她的文章而这开始引发出观众数次高兴的笑声,我们能感到向演说家的慷慨致以谢意的浪潮在会场中不断蔓延开来。(她一点都不显年纪啊,你看到了吗?她多漂亮而又容光焕发啊,这个女人,我要在出口买她的书……)最后她的讲话迎来了热情而持续不断的掌声,她露齿大笑,她那蓬蓬的上百万根头发在射灯灼热的照射下如欧莱雅广告上那般闪闪发光(我在此时才发现这射灯存在的真正原因:他们是为了圣日耳曼德佩区的费·唐娜薇

---

① 费·唐娜薇(1941—),美国女演员,曾因《电视台风云》获奥斯卡最佳女主角奖以及三座金球奖,一座艾美奖,并于2011年获颁法国艺术与文学勋章。

而设置的），非常感谢，十分感谢为我们读了这篇如此美好的文章，主持人说道（主持人是说这篇如此美好的文章吗？我不觉得是这样，他说：非常感谢为我们读了这篇如此美好的文本？！！这晚确实是一场真正的噩梦），我们现在就开始进行小说拼图的工程，主持人说道。

这时主持人开始对苏格兰作家进行提问，这位作家，几乎口都还没开，就已经在谈乔伊斯了。

该死。

这下完了。

这就开始了。

作家们，他们一定全都是一样的，不管是来自哪个国家，都不能在他们的头脑中独自行走，哪怕就仅仅只是四分钟而已，好带回一个属于他们自己的想法，一个脱胎于自身的被证实是原创的想法，一个从痛苦或者心醉神迷，或者从他们本身存在的不确定性中汲取的想法，即便如前所述的想法是朴实且关于家庭的，但也至少是个人的、内在的、自己的想法，然而他们不能。他们总是必须在刚刚开始，就迅速而准时地，像一个骑着摩托车的比萨送餐员一般，在四分钟内准时就给你们送上乔伊斯四奶酪比萨，或者是福楼拜朝鲜蓟蘑菇比萨，一切具备只消上菜即可，苏格兰作家接过话头，跨上他的车在四分钟内给论坛的观众们送上了著名的乔伊斯四奶酪比萨，而这成就了他那用英语进行的国际补给的名望。

我们听苏格兰作家用自动驾驶的方式（嘀，他闯了个红灯）给我们讲乔伊斯，也许苏格兰作家用他那乔伊斯式的博学让军需处的听众们都感到着迷，只不过他所讲的关于乔伊斯作品的内容与主持人提的问题之间并没有丝毫关联。恰巧我是因为乔伊斯才开始写作的，在我十七岁时，一个春日的午后，我在电视上，一个给主妇看的节目里，偶然间发现了，《一个青年艺术家的画像》天意般的美,所以原则上来说,我丝毫不反对,谈及乔伊斯,但是我喜欢的是演讲者在他自己的大脑中用一种醉心于捕获、思考和发现的洞察力,凿出一条本能的隧道,让观众跟随在他身后进入他那精细的私人地道的挖掘现场(用来挖掘的哲学和文学工具自然是被允许的),直到这条地道,换种说法也就是这个想法,正如一个入侵的鼹鼠挖的坑道,突然地,因为一句话,从里面挖出来,通到了乔伊斯花园里,就像我们突然往乔伊斯大花园里看了一眼,在与草齐平的地方,上述的那句话用鼹鼠大鼻子钻地的方式洞穿了地面:我们来到了乔伊斯这里并且在乔伊斯大公园的里面,而这是因为一种必需,一阵目眩神迷,就像一处被夏夜天空中的"之"字闪电整个展现出来的景色:这样的讲述是可以的。因此我们可以谈论乔伊斯。但就像这个穿黑色缎子运动裤配栗色鹿皮鞋的苏格兰作家刚刚为了逃避主持人的提问所做的那样,这个骗子,立马给这些为研讨会着迷的观众呈上了一份乔伊斯菜系的惯用总结(在四十秒之后,当主持人把话头交给大家为她噼啪鼓掌的文学界费·唐娜薇时,她的弗吉尼亚·伍尔芙菜系一定会与此遥相呼应),对不起,这太可怕了,我想逃跑,这是一个圈套,我正在和银行劫匪们在一张桌子上玩扑克,他们每个人都在外套的袖子里塞了四张 A 和同花顺(詹姆斯·乔伊斯这四张 A 藏在苏格兰作家袖子里,而弗吉尼亚·伍尔芙同花顺则在活跃的圣日耳曼德佩区的费·唐娜薇的袖子里,它们被从不知哪里挥出并甩到桌子上以收取赌注),这些人都是在国际文学会议上久经沙场的专业人士,而我,我只是一个近来才为人所知的新手作家,由于一部佳作而被推到台前,这还是因为我妻子那发展迅速的癌症让我超越了自己,偶然地孵化出了一部小说,而这部小说毫无疑问地,这时我想,是我剩下的唯一武器。我带着独一无二的少年的淳朴什么都不懂地来到了里昂,想试着天真地,极为老实地,拿着指甲锉,在腼腆的禁锢之下,从我的单人牢房里面,锯开这交给我们的议题,小说拼图,它那概念性的铁窗,好逃出这监狱并跑向观众,跑到幻想的田地里,那里有想象中最美丽的回应(这晚我没有能够做到这些,我很明白并且已经感受到了,这是鉴于我每分钟都越来越糟糕的状态,我那充满了悲伤、愤恨、化脓的内心情结、嫉妒、尖酸乖戾的脾气、小心眼、内在的卑劣、明显的无能的状态),我看到我的邻座来到这里是为了另外一个完全不同的原因,那就是用他那与开始问题毫不相关的(而他长久以来的经验告诉他这并不重要)不容置疑的乔伊斯式博学征服里昂的观众。

感谢对乔伊斯作品的精彩解读,主持人说道(观众们热烈鼓掌,他们没有空手而归,他们离开的时候会更有学问,这个人真是太聪明了!讲英语的人还是比法国人领先许多,这自不用说),之后便把话头交给了花神咖啡馆的费·唐娜薇,她还没有说两句话就已经要讲到:

弗吉尼亚·伍尔芙。

好吧。

当我听到充满魅力而令人惊艳的法国女作家给我们精彩讲解弗吉尼亚·伍尔芙作品的时候,我把一只手悄悄地伸进外套的右口袋里,像小偷一样,从金属纸小格子里,摸索着挤出,第三粒粉色药片,我用指甲把它分成两半,边装作咳嗽得很严重边把小小的半粒送到嘴边(嘘!主持人生气地对我说),然后我强迫自己把剩下的半粒药片按回小格子,用舌状的金属纸把格子封闭起来并且弄平(但这个中间的法国男作家在他的外套口袋里这样乱翻什么啊?他真是挺奇怪的,这个人……你觉得他是在抚摸自己吗?)。

好的,非常感谢对弗吉尼亚·伍尔芙作品的精彩回想,这对于我们今天晚上的主题,小说拼图,十分具有启发性,我还记得主持人这样说道,然后就突然转向我(我听到他叫了我的名字而这对我来说就像一记电击,像一万伏的高压放电,我处于完全不能够思考,不能说出两个有逻辑的连贯词语的状态,尤其是在由乔伊斯博学症晚期患者苏格兰作家和——特别特别像——宛如转世再生成费·唐娜薇的弗吉尼亚·伍尔芙提供的杰出的一站式补给之后)并让我给大家讲讲我的书在哪些方面和拼图相像。

对于说了些什么我已经想不起来太多但是我讲话了,我肯定讲话了——我只记得在遣词造句时经历的困难,没有任何一个能够固定眼神的地方给我带来一点帮助,也许我应该闭上眼睛。

最后,当观众被邀请互动的时候,会场被重新照亮而所有问题都是提给其他作家的,除了一个,唯一的一个,然而与其说它是一个问题不如说它是一条评论,由一位年轻女士提出的大胆评论,她要来麦克风为的是在大庭广众之下告诉我她对我的看法,她说道,那时我正(绝望地)高兴着观众中终于有人对我的主张感兴趣了:

我们听到埃里克·莱因哈特用他写作的方式给我们讲解……所有这些由编排的文本和章节组成的故事……这些由他在餐桌上规定并尝试调整好顺序的繁杂众多的餐桌礼节……不停地重构一切……我很同情他,写这本书好像十分艰难,痛苦……如果这给您带来了如此的痛苦也许应该停止写作,不是吗?这就是我想问您的。难道不应该停止写作好让您自己感觉好一点吗?对此您是怎样想的呢?

观众们鼓掌(是的),而在被捅了这一刀的当下我觉得我重新开始哭泣了,但也许没有,我不知道了,之后发生了什么我一点印象都没有了。

3

随之而来的是为期数月的一段时间,那时我一心只想和玛戈一起逃离这个世界,远离一切社交生活,再也不用榨尽我的神经和大脑来让我那过度膨胀的虚荣撞上最危险的艺术挑战的暗礁。

这是一种一致同意的、温和的、必要的、让人十分惬意的妥协,好像满足了一种生死攸关的基本需要一样:就像在我们饿、渴、累的时候,吃、喝、睡。

怀有因小说而引人注意的野心现在对于我来说就是一种完全错位的自负,这就是在我身上不曾再度出现的天真和盲目所导致的结果。然而我还是写出了一些人们经常谈及的书,我曾经完全变成了一个作家而这在我看来,在形势使我处的衰老和自尊心完全下降的状态之中看来,是难以置信并且难以产出成果的——我甚至会问自己是在哪里于某一天找到完成所有这一切的力量的,我现在只想睡觉。

我整天给玛戈打电话,只有和她在一起我才感觉好一些,尽管我们已经相爱了十七年并且因此有大量的时间让彼此适应对方,尽管在一起的简单乐趣已经被削弱了,我还是暗自欣喜焦急地等待着暮年的到来。我一想到我们很快就会在家里待着度过夜晚,并且感到在多年以后这最初的欲望的力量和活力依然没变,就好像我们上一周才认识而且我们离开彼此几个小时就会消亡一样,喜悦那美妙的释放就会贯穿我的全身,这欲望使我震惊,而它本身就会给我带来巨大的快乐,这是一种额外的快乐,如果我可以这样说的话。

(我相信生活中没有什么比这样的快乐更强烈了,这可预料到的快乐是在一天结束之后重新见到自己的爱人,并且让这快乐从神经上产生一种美妙的、弥漫的高潮,这高潮会在我们于等待的帝国里度过数小时的过程中,从腹部扩散出去——当我们有幸见识过它,我们便有情饮水饱了,这是真的。)

这原本是美妙、柔软、平静而令人宽慰的,而现在渐渐变成了不安,就像深陷在流沙中一样。我确定这是一种奇妙的感觉,一开始是感到在温热、浓稠、温柔而舒适的泥浆之中慢慢流动,就像我们童年冒险电影里的流沙一样,但是这种灼热的被控制的感觉会突然变得很恐怖,尤其是当我们觉察到这片具有如此退化魔力的乳脂状土壤比初看上去更加狡猾的时候,当它要将你整个人完全吞下,而你不可能采取任何措施来逃离这一切,相反地,任何逃避这种吞没的企图都只会使之加速的时候。

我只有四十三岁,但如果去聆听自己内心最坚持的愿望,最终我渴望的,除了我们通常称之为退休的东西之外,别无其他。

我梦想一种不再有更多职责或外部期盼需要满足的生活,就像一个无须证明什么的退休者的生活。

社交上,玛戈和我做了我们应该做的,我确信自己在能力范围内已经走得足够远了,我们尽量令人满意和真诚地演奏了属于我们的乐章,直到我们好像在耳边听到了完美的最后一个音符,终止的音符,在这之后再加什么都是多余或者都会破坏我们之前刚刚完成的演奏。从此以后我们可以享受彼此而不会被约束或感到被指定去实现新的成就,有什么意义呢?为了什么呢?不仅我再也写不出比上一本小说更好的书了,那时对于这点我很确定,而且我也不再有欲望和勇气去忍受开始新计划会在我身上产生的折磨。我最喜欢的事就是完成我的书,是力量的逐渐攀升还有创作作品最后四分之一通常会让我达到的极点,这发生在我的整个存在的一种燃烧之中,与此同时它还在与外界相互渗透,我喜欢的是解放,是最后的压轴表演,是末了五十页的高潮,但是必须要有气力去铺陈让这种突然的燃烧成为可能的装置,而此后这对于我来说都是超出能力范围的(另外,玛戈那快速发展的癌症使得不仅是最后五十页好像受到一股强烈而持续的喷射的影响一般从我的键盘上喷薄而出,而是最后三百页,想要再次在另一本书上重现如此壮举就是幻想,我不是不清楚这点,然而如果不是为了重新找到这种状态,甚至更强大、更极端、更令人惊奇的东西,那么继续写作还有什么意义呢?否则还不如马上停止……),到这极端的第四十二年为止的人生经历让我感到很疲惫,这一年见证了我英勇地援救病危的妻子,看到为了她我用写作超越了自己并且达到了一个在现在看来完全是僭取的,通过有争议的手段取得的水平(用了一种由我自己的经历所产生的红血球生成素,过去的每一天都在给我大剂量地注射这种兴奋剂),目睹我因失误而带着这本偶然出现的书在一个对我来说太大的院子里散步。我想要休息,从小学三年级开始我就一直紧绷着不懈努力地追求卓越,或者满足各种我能识别出的与自我有关的要求,为什么总是要服从?为什么要服从自己?为什么要在别人叫你们的时候总是出现?为什么要实现期望和梦想?还有抱负(当然有自己的但还有别人投射在你们身上的抱负)?为什么要实现那些自己在别人身上产生的希望,我们不愿背叛和辜负的希望?我曾和自己说,如果我的书得了某个文学奖,我因此足够富有了,那时,我除了消失和逃离这个世界,就别无他求了。但是我知道那不算什么,我还没有赚到足够的钱来安静地生活,我还得尽快做出新的努力,这仅是为了糊口,于是我曾一早就在办公室里哭泣,因为想到不久之后我得从自我中,我那虚空的自我,再没有力气也没有光,没有欲望,没有信仰的自我中,攫取不可能在我身上找到的某些东西,我能感受到它,这就和建造一个自然的文学对象来填补我前一本小说向读者传达的明显错误的期望一样不可能。

我承认,我曾经计算过,在到达一个我认为自己能够不用再交出可获利的艺术成就的年纪之前,自己还剩下多少精力充沛并应该进行文学创作的年月要承担。于是我分段来推理思考,我还得写多少本书,从现在开始算起,如果假设我每四年就出版一本书,而且假设尽管我的名望,很有可能,会渐渐消逝,我的形象会受损,我的销量会持续下降,让-马克·罗伯特仍然会同意付给我一份预付款,这和我做艺术编辑自由职业的收入相加会允许我考虑负担我个人和家庭的一部分需求,那么,这就是说……下一本书的时候 43+4 = 47 岁,再下一本的时候 47+4 = 51 岁,51+5(我显然延长了这本书的创作时间,我们不要过高估计自己的力量) = 56 岁……我的天,但这时间太长了,我永远都做不到……我还差得远,没有人在五十六岁就停止工作……我再写三部小说怎么却只有五十六岁?!!……如果我要一直活到八十岁,这可怕的长寿意味着我要创作多少本小说,这是苦刑犯的生活啊!……没完没了啊!……我永远都写不完!于是我独自在七层楼上哭泣,因为想到了我要面对的所有艰险,在那之后我才能够和玛戈一起进入晚年生活,这个令人宽慰的避难所,就像克罗德·洛林①画中回到港

---

① 克罗德·洛林(约 1600—1682),法国著名风景画家,主要在意大利求学与创作。

口并停泊在堡垒和豪华宫殿脚下的一艘船,沐浴在十月黄昏那庄严的光线之中。

如果现在我就已经七十岁了我会很高兴,我会愿意用三十年静止的时间,去换到正好七十岁的位置,就像公园里的一座雕像,去度过接下来逐渐受损风化的漫长的三十年。我会一下子就变老,然后在三十年里一直冻结在七十岁的样子,在两条小路的交叉处,在一棵栗子树下,在一个底座的上边,迷失在我的思考里,头固定地倾斜朝向一小片难以捉摸的天空,一只手放在髋上,另一只手放在像我的身体一样用青苔绿大理石做的树桩上。

尽管我任由自己被幽禁在这个内心自我封闭,社交恐惧,惧怕文学(恐慌,面对法语句子就产生令人吃惊的退却)的状态,我当然还是会时不时地继续喜爱当下转瞬即逝的美,也就是说我并没有无药可救地迷失。当我在欣赏景色的时候,当我在上宫花园里的椅子上读一本书的时候(著名作家的作品还是像以前一样用咄咄逼人的热烈持续鞭策着我的思想,拉法耶特夫人、让-雅克·卢梭、安德烈·布勒东、陀思妥耶夫斯基、克洛德·西蒙、托马斯·伯恩哈德①、安妮·艾尔诺②),当我在街上看到一个迈着忧郁步伐的年轻女子的轮廓时,当我任由自己被罗密欧·卡斯特鲁奇③一场演出的魔法改变时,我还是会感到激动。我也很喜欢隐约看到的与玛戈在一起的遥远未来,当我们两个人都老了并仍然相爱,我们专一地属于对方,就像彼此的审美者。按理说我讨厌引起焦虑

---

① 托马斯·伯恩哈德(1931—1989),奥地利著名小说家、剧作家、诗人,战后重要的德语作家。代表作有长篇小说《严寒》《维特根斯坦的侄子》等。
② 安妮·艾尔诺(1940—),法国现代著名女作家,文学教授。代表作有《一个女人》《迷失》等,也曾罹患乳腺癌。
③ 罗密欧·卡斯特鲁奇(1960—),意大利著名意象派戏剧导演,同时也是舞美、服装与灯光设计师,他指导的戏剧作品画面感极强。

的空虚,它将这两种快乐分开:现时的当下和遥远的未来,我得用在嘈杂中经历过的生活和当代世界的毒害去填补那不确定的深渊,同时去行动,去创作,去遭受痛苦,去和自己战斗,去变成自己的一种效率原则——一件毫无诗意的简单工具。我总是禁不住隐约地看到接下来的三十年,或者不如说(因为我试着合理地推测,我用尽全力地试着合理地推测,将自我封闭、隐居、退休和秘密生活对我的病态而致命的吸引从自己的思绪中摘除),或者不如说,于是,我说道,有一些埋伏在我自己身上的敌人不停地强加给我一种感觉,那就是接下来的三十年就像三十公顷的地一样需要我独自耕耘,没有任何协助,在严酷的天气里,用一架牛犁,然后播种,手拿镰刀收割,之后再每三年就到竞争激烈的粮食市场上去为收成讨价还价——带着从中勉强挣出维持生计之需的渺茫希望。(甚至有可能别人会直接断然拒绝买我的谷物,因为他更喜欢别的工作,更出色、更时髦、更有前途、更具商业价值的农夫的产出,大家都喜欢新奇的事物,新奇的人!)当然了,我还是想要活着(这隐约可见的空虚,这单调却广袤的原野,我看到它向远方绵延,以此来为我的人生命名还是不荒谬的,我们别忘了这点),我知道自己永远不会与感性世界和存在中的某种美失去联络,我总能察觉出头顶上十月黄昏天空的璀璨,或者眼前街上黑色漆皮高跟凉鞋里紧裹的一只漂亮的弓起来的脚的魅力(三十七码半,足弓十厘米),然而我的日常生活和我作为作家的劳作会像是辽阔而无聊的土地,粘在我靴子底的粗大土块让我的每一步都比前一步完成起来更令人厌倦,每个小时都比前一个小时面对起来更沉重,令人作呕的广告重复着,它并没有令我朝这第七十年秋天的光亮,我的宽慰,前进一点。

我隐约看到我们,玛戈和我,上了年纪并且穿着黑衣服,行动缓慢,若有所思,十分庄严,仍然为彼此在对方身上所产生的影响而操心,我拄着拐杖来帮助自己走路,玛戈戴着从她祖母那里继承的众多五十年代的帽子中的一顶(她到现在都还没有敢尝试过),穿着系带高帮皮鞋,瘦瘦的在收腰羔羊皮大衣里优雅地颤抖着,我们在王宫的回声长廊下散步,在茹弗鲁瓦廊街喝一杯茶,于午后的阳光下在杜乐丽花园的一把椅子上读书,为了彼此,为了生活的诗意,为了艺术作品的美和被深情评价的巴黎城市氛围的美活着,我们两个人,充满喜悦地,一天接一天,没有穷尽。

对我来说没有什么比优雅的两位老人家,也就是我们,玛戈和我,在巴黎漫步更令人向往的了,届时我们已经到了一个终于可以允许自己只过纯粹诗歌生活的年纪,我们可以一直梦想。不再有社会和经济世界的各种机关。不再有各种经济增长、国家繁荣和可怕的国内生产总值的公务人员。尽管不为我们所知,但也不再有卑躬屈膝的雇员,他们受雇于国际金融以及阴郁平庸的经理人,那些经理人到处强加自己的标准和比率,以期为自己实实在在的空虚和枯燥乏味复仇。我们变成了既属于过去也同样属于现在的过时而悬空的产物,具有现代性也完全具有远古时代的特点,那属于天空、云彩、光、顿悟的时刻、季节和阴影的时代,也就是说此后都变成了老年人,这个世界中最重要的、独特的、最高水平的一切的真实同辈人,从塞内卡①到敦普利②,从门德尔松③到路易丝·布儒瓦④和香特尔·阿克曼⑤,仅是因为奇迹使我们的生活有意

---

① 卢修斯·阿奈乌斯·塞内卡(公元前4年—公元65),古罗马哲学家、政治家和剧作家。
② 塞·敦普利(1928—2011),美国画家、雕塑家和摄影艺术家。
③ 费利克斯·门德尔松·巴托尔迪(1809—1847),德国作曲家,浪漫乐派代表人。
④ 路易丝·布儒瓦(1911—2010),出生于法国,后定居美国,著名雕塑家和装置艺术家。
⑤ 香特尔·阿克曼(1950—2015),比利时电影导演。

义——那些不朽的奇迹——还因为在我们眼中没有什么比这些奇迹的作者和奇迹本身更重要了,也就是说美,美凌驾于一切之上,美而且只有美,这就是在二〇〇八年的这个春天,在过去的十八个月中我们所经历的事之后,贪婪地,疯狂地,萦绕在我们,玛戈和我心中的东西。

每当我们提到这段遥远的未来时光,那时年老的我们会相互搂着在巴黎漫步,玛戈就深情地把我们叫作威利和温妮,这来自塞缪尔·贝克特①的《啊,美好的日子》。她说道:当我们变成温妮和威利的时候我们就做这,当我们变成温妮和威利的时候我们就做那——她总是这样说,这种说法是对幻想中我们爱情寿命的一种十分狡黠的暗示,那当然是至死不渝了。此外大约在这段时间,借助于真实之外的思想的奇怪岔路口,我看到自己身上显露出一种着迷的端倪,就像我们能在下一本书里观察到的那样,这是对于老妪的神秘感的着迷,她们在总是拉着厚厚帷幔的公寓里的阴暗处,在她们生命的余韵中,过着与世隔绝的生活,没有人能怀疑这从前的、过去的,甚至是历史的时间的存在,就像一条条被世人遗忘的密道,在这些美丽外墙的背后,她们是那样的无形、无声。

在顶层的书房中,我时不时会听到,来自圣文生·德·保禄教堂的钟声缓慢地,好像一瘸一拐地,在那场为他而举行的弥撒之后,颂扬那个将要被埋葬的死者的记忆。那是悲伤而温柔的,衰弱无力的,和音如此接近失去平衡和破裂,以至于那些平常早上由大钟连续发出的那般冗长而柔软的声音,这天早晨听上去好像一声和另一声离得很远,似乎缺了一多半而且每一记钟声都为它们自己穿上了哀悼和悲伤的小制服,热泪盈眶,就好像这回响在环境中

---

① 塞缪尔·贝克特(1906—1989),出生于爱尔兰,后定居巴黎,剧作家,荒诞派戏剧代表人物,代表作有《等待戈多》等。1969年获诺贝尔文学奖。

的丧钟,它一直升腾触及了我那幽居于顶层书房里的迷失的艺术家的惶恐,它是死者最后有幸能够在其身后留下的一切的最终见证:分裂而昏暗的现实,忘记了对我们的承诺(几乎总是如此),此后它才能到达圆满的统一,最终到达既不太快又不太慢,既不太空又不太满的领域,那具有恢复的平衡,适当的尺度,适当的速度与和谐一致特点的领域。这些缓慢、迟疑的钟,在某些天的早上发出迟钝而有缺口的曲调,向我诉说着这个刚刚熄灭的人在他身后留下的缺口(我能够从顶层书房的窗户里看到,那口小小的沉重的棺材,那发亮的棕色小棺材在殡仪馆指派的四位健壮男士起伏的肩膀上进入到教堂的阴影中,就像一只小船,被海浪摇晃着,微不足道,很快就要沉没),然而也有现实固执而嘲讽的拒绝,那是用来填满我们的期待的,它通过所有这些音符的缺席,间接宣告着,彼世与死亡的完满。因此这有缺陷的摇篮曲,这平庸而单调的旋律似乎是专门为我准备的:我站在窗前,听着它,目光迷失在空虚之中,就好像圣文生·德·保禄教堂的钟声是只为我一人而敲响,它是我自己死亡的背景音乐而我喜欢在其中看到自己,我觉得,我甚至从中汲取一种安慰,几个月以来,我走在自己的棺材后面,在为自己的葬礼帮忙,那是作为作家和曾经隐约盛开过的社会人的葬礼——突然这为别人而鸣的丧钟让我感染了一种安慰,那就是死亡没有那么严重,死亡没有那么悲哀,甚至死亡也许是舒适和平静的,这很可能,就像一种解放……并且我们总是求助于死亡好从毫无出路的情况中逃离出来……于是我任由自己被这缓慢而庄重的丧钟的温柔安慰所麻痹……被这摇篮曲所麻痹,它不是为了让我入睡,就像婴儿听的摇篮曲那样,而是为了使我适应思考死亡,从而让我对死亡的可怕感到麻木。社交上来说你已经死了而且不久之后你会真的死去,就像这个现实中我们准备要埋葬的人一样,就在那里,你刚才还看到他那用蜂蜡打磨得发亮的小棺材进入到教堂的阴影中……在这悲伤的二〇〇八年,某些天的早上,我的思想任由自己被圣文生·德·保禄教堂缓慢而庄重的丧钟所侵袭,它从中得到快乐,这种快乐偷偷地低声对我,对我抗拒的身体诉说着,他终于解脱了,他,多么幸运啊,你多么想换到他的位置。

当我读着《世界报》,不经意间看到讣告版,那上面一条简述他的存在于生命航线上留下的难忘事迹的告示被用来献给某位已故的人中翘楚,一线光穿过我的思绪,一线几乎瞬间达到羡慕程度的光,它所包含的转瞬即逝的想法可以这样总结:他好幸运,他做了应该做的,他死了而这就是他活着时所完成的一切的见证——这一瞬间我会想换到这个人的位置。就好像我最向往的不是死亡,不,谁想死去呢?而是处在我们直至死亡时所完成的一切的彼端,来享受和利用这段纯洁而无限的时光,它就紧跟在总结我们应该完成和切实完成的一切的时刻之后。我羡慕那些已经到达总结(不朽?)时刻的人,那些能够合理地对此表示满足的人。他们难道不会在《世界报》上有一篇很长的讣告?也许配着漂亮的照片?整个生命被直白地总结在一篇文字里,这文字的存在本身已经是极度的赞美了,这难道不是一种终极的完满吗?我甚至忘记了他们已经死去(这是一个极大的缺憾),我在最后关头提醒自己这一点,几乎同时这种想要已经死去的欲望从我的思绪中消失了,这时我为了尽快看到文化版块而翻页,在这里我们对那些活着的、进行创作的、努力奔忙的人进行汇报,而不是在人生低谷中的人(如果我可以这样说的话),就像我的人生此刻正处于的状态。

这也许涉及我们所说的抑郁,我不知道,除了一位在拉法耶特街上地铁渔船站旁边看到我哭泣的女性朋友之外(她把我带到了转角的咖啡馆聆听我的哀诉),我只和玛戈说过话,她也只想在我的陪伴下单独度过尽可能长的一段时间,远离所有的社交束缚。

就是在这段时间,二〇〇八年快到夏天的时候,我开始构思一部小说，书里会聚集一个叫作尼古拉的男人，作曲家，四十多岁，已婚并且是两个孩子的父亲，还有一个年轻的女人，这个人物的灵感来自玛丽，我们就叫她玛丽，她和他差不多年纪而且患上了不可治愈的癌症。尼古拉是我本人的一个严格的投射，但是被小说改编、夸大和美化了，一切都是基于在玛戈生病时我和她一起经历的事：和我写《灰姑娘》时情况一样，他得在艺术创作沸腾的极端情况下创作一首交响乐，他的妻子玛蒂尔德也在他完成他的作品之时病愈了，而这部作品，在秋季艺术节上于普雷耶大厅进行了演奏，获得了成功。

十月的一个周六，那天早上，在床上，当我醒来的时候，就听到我的小儿子在厨房问玛戈："妈妈，soliflore 是什么意思？"玛戈回答他："唯一的花……是一个只能容纳唯一一枝花的花瓶……"我觉得在半梦半醒间截获的这段简短对话特别动人而且高明，以至于在卧室的阴影里，在这周六早上的温柔中，我重新闭上眼睛，决定这部小说就叫作：

《唯一的花》。

我觉得这个书名很美。

尼古拉，几乎马上就要变成当代乐坛上的一颗明星（在我的身上并没有以如此明确的方式，发生这种程度的情况，远不是这样；这就是虚构的好处，能够根据自己所经历的事，夸大从小说的角度看来可能会很有趣的情况，放大它的构成要素），他的交响乐在国家级新闻媒体上受到了非常高的评价，关于他大家讨论的都是法国音乐的复兴和布雷一代[1]的卓越接班人。这声望在很短时间内就跨越了国界并很快到达了德国和美国、日本、英国，在那些地方他的交响乐迅速受到了音乐厅的节目编排员、音乐爱好者和

---

[1]　皮埃尔·布雷（1925—2016），法国作曲家、音乐家、指挥家和音乐理论家。

艺术节的欢迎。

尼古拉获得了一个新的身份地位。他的生活完全不再是他创作这首交响乐以前那样。他创造了一个奇迹，而这将他的作品和名望都推到了一个他从未梦想过有一天能够企及的高度，而他清楚这一切都要归因于爱，都是因为他和玛蒂尔德在她生病时一起经历的无可比拟的一切，因为他想用他的音乐作品的美来治愈她。

我隐约看到一部令人心碎的小说，一位作曲家，像一个魔术师一样，通过一首交响乐的创作，来为他心爱的女人的康复做贡献，随着创作进程的推进，他还每天晚上都在他们卧室里的钢琴上演奏它——而他音乐的高峰，在帮助他妻子克服癌症这一考验之后，也令世界各地音乐厅中的观众为之陶醉，这首交响乐表现出了能够触碰到听众生命之所在的能力，很少有音乐能够达到这种程度，而着迷的听众们又不能解释自己身上发生了什么，究竟是什么地方，和为了怎样神秘的原因，当这个魔法开始时，他们就只能惊愕地观察着因此而产生的影响。

一股与生命有关的急迫而具决定性的液体，跟一剂春药类似，在三个月中每天都从灵感那最难以到达的深处被汲取出来，而那是尼古拉直到那时都从未感觉自己有能力去历险的地方，这就是因为爱情而改变的事情，而他成功让它融入了自己的交响乐的汁液当中。

这真的就是魔法。

如果我能够写出《唯一的花》那该多美啊！

在第二年的春天，在伦敦或者布鲁塞尔（我还没有决定，我在犹豫），在他的交响乐要在巴比肯艺术中心，或王家铸币局剧院演奏的前一晚，在一场饭局上尼古拉认识了玛丽，在那天下午的时候，当他询问巴比肯艺术中心的经理助理，或者王家铸币局剧院的经理助理，有哪些人会出席晚上的晚餐时，有人向他介绍过这个年轻的女人，她奇迹般地战胜了十分严重的血癌，而据她的医生看，她本熬不过这场病的。

尼古拉被安排坐在玛丽的左边，而就像我在普罗旺斯埃克斯与那里的玛丽经历过的那样，他开始感到了一种来自她的魅力、吸引、身体上的诱惑而我想说这是不同寻常地玄奥的、失控的、完全反常的。

尼古拉发现自己在毫不知情的情况下被拖进了大脑中的一个他不知道的区域。

玛丽闪耀着，她是饭桌边上唯一一个如此闪耀，释放出这样光芒的人，而那在她身上、眼睛里、存在中、姿态里、在她的面孔上和脸上的表情中闪耀的，就是她活着。在她的身上有一种浓稠的生命，而这慑服了尼古拉，他完全不能逃脱、抵抗这种生命的呼唤。

他看得出来她之前病得很重。她的睫毛和头发曾很稀疏，大量注射到她身体里的化学药物所带来的强烈侵蚀将她的皮肤变得平滑而有光泽，就像河边的鹅卵石那样如奶油般光滑，生过病的痕迹几乎被抹掉了，但他仍然能够分辨出来，因为曾在玛蒂尔德身上见过它们，见过并且爱它们。在晚餐时，他产生了一种抑制不住的与他曾有过的冲动性质相似的内在心理活动，这冲动曾促使他在他妻子病得最严重的时候，和她热烈地做爱，不去管她的那些痕迹，甚至接受它们，钟爱它们，而这内心活动使得他为了能够最大限度地在身体上贴近玛丽而靠近她。他想让她感到自己被他爱着，他们聊着天，他在她的脸上看出了或者认为自己看出了她之前病得很重，而他因此更爱这面庞了，这幸存者的美丽面庞。

尼古拉不能把自己的目光从玛丽身上移开。从她的目光中流露出隐隐的开心表情，因为自己被这样地看着。……他想要她。他想要照顾她。希望从此以后什么都不要再发生在她身上，再也不要，严格禁止任何事情，再也不要。

他所体验到的来自她的吸引只不过是他因她活着而感到的蔓延全身的幸福,还有占据他头脑的让她继续活下去的强烈渴望。

他不想要她死去。他不想要她再次病倒。尼古拉正在变得疯狂。这个陌生人的出现向他展示了一种值得注意的情感封锁,这在过去的几个月间已经在他的身上堆积起来,现在到了近乎疯狂的地步,这是一种他正在不知不觉中渐渐深陷其中的疯狂——因为他依然忽视着它的存在。这个年轻女人可能会再次病倒和死去的想法对于他来说是完全不能容忍的,完全不能容忍的,完全不能容忍,完全不能容忍。

晚饭之后,尼古拉,当然很显然还有玛丽,确保只有他们两个人在饭店的前面,然后他们在伦敦,或者布鲁塞尔的大街上漫步了一小时。他们之间发生的一切是非常强烈的。这很美。他们不会去破坏这种美,能够遇到这种美非常难得,他们不想冲动地,太快地,太早地,匆忙地,带着热情和迷乱,让步于感染了两个人的欲望,他们那带着温柔烙印的犹豫不时地能够让二人相信他们都是这样想的,两人都让对方明白遏制住自己身上的这股力量有多困难,这力量好像要将他们融合在一起,就好像它知道他们最后肯定会动摇,他们这一晚肯定会是一个难忘的夜晚,一个用来做爱的夜晚。当他们在伦敦,或者布鲁塞尔的街头,飘飘然地,轻快地,游转的时候,他们的眼神和微笑就已经变得很明确了,而这已持续了一阵。当然了,玛丽无法猜想到尼古拉的思想里正在发生的具体事情,以及这种占领他整个人的欲望,这种对于她这个被圣迹治愈的,处于恢复期的病人所产生的欲望有怎样的奇怪本质。

尼古拉最后抬手拦下了一辆出租车。他邀请玛丽上车,然后出乎她意料地在她面前关上了车门,他隔着车窗向她送上了一抹微笑外加一个用两只手指抛出的飞吻,然后他轻轻拍了拍车身就像拍一匹马的屁股那样,出租车启动并且全速远去,在伦敦的夜晚里,或者布鲁塞尔的夜晚里,带走了他欲望的对象,这是为了不把她说成他爱的对象。

尼古拉处于一种悲哀的境地之中。

他刚刚经历的,这种强烈的、瞬时的欲望,有一种确实与可怖的深沉,对于他来说就像一道深渊那样,在他之前的生命中从来没有遇到过(他感觉到在自己身上所产生的对于玛蒂尔德的欲望,为了达到那样强烈的程度,会发展得更为缓慢,它像一朵花那样,一点点地,过了几个星期才会开放),他知道这种意料之外的欲望与他对自己妻子的爱有关,与希望她一直活着的渴望有关,与害怕她会因为她的乳腺癌而死去的恐惧有关,我会在《唯一的花》里这样写。玛丽身上,肉体上吸引他的,是她在本来应该会死去的情况下,还活着。是保持着这个生命的存在。他想在她的身上,与她还活着,这个脆弱而摇摆的事实结合起来,如此一来这火焰就不会熄灭。

玛丽已经在早前的晚餐上给了他她的名片,而他也给了她自己的,因此两人都分别拥有了对方的联系方式。

尼古拉一回到自己在宾馆的房间就自慰了,他想象着与玛丽做爱,他爱她那乳白色的身体、沉重的乳房、宽大的胯骨。……

第二天早上,他因为也许让她感到,在这次含糊暧昧的散步之后,自己却背信弃义地逃走了(把她推上了这辆出租车-马车,而它使她突然远离了两人夜晚的欲望)而感到羞愧,尼古拉让巴比肯艺术中心的经理助理,或者王家铸币局剧院的经理助理给玛丽送了一束白玫瑰,外加一张卡片,在上面他用几句话表达了他与她一起漫步伦敦街头,或者布鲁塞尔街头的快乐,但却也向她承认,不幸地,将他们的相遇保持在前一天晚上他们那令人不安的身体接触不停地在两人之间投射出的某种东西的这一程度,被证明是不可能的,这原因她能很容易地猜到,他总结道。

（在我的脑海里，尼古拉是一个忠诚的人，从来没有背叛过他的妻子——就像我们对忠诚的愚蠢定义一样——他从未容许自己哪怕偏离婚姻的轨道一点点，即便是在一次普通的国外巡演中和一位双簧管演奏家来一晚谨慎的艳遇也没有［我并不是偶然地举出这个例子，小说也许会回顾到这位年轻的双簧管演奏家，她身材颀长，红发，辛辣，在蒂米什瓦拉的一晚，她那卓越的诱惑力遇到了严峻的考验，那就是我们主人公的可贵品德］，尽管近几年来，他也不是没有这样做的欲望，也不缺乏实施的时机，甚至有很多机会。）

然后，在和管弦乐团进行了一次高效的总排练之后，我会说清是尼古拉指导这次乐团的排练，他会一个人，在下午三点左右，在附近的饭馆里吃饭，也是为了放松和集中注意力，主要是为了给玛蒂尔德打电话。

这很困难，几乎是生着气，他才摆脱了所有那些，巴比肯艺术中心或者王家铸币局剧院的工作人员，尤其是那些来自传媒与传播部门的人，他们的职责就是不要让当代音乐界的新星一个人吃午饭。

他打电话给玛蒂尔德来和她讲述他昨晚的晚餐，他妻子说他的声音很虚弱，他回答她说自己是因为害怕音乐会，她和他说不要担心，无论他在哪里演奏他的交响乐都受到了好评……他怯场很正常但是为什么今天声音这么虚弱，他害怕什么？但怎么说，这也毕竟是巴比肯艺术中心（或者王家铸币局剧院），不是随便的什么地方！尼古拉回答她道，他妻子反驳说两个月之后他还要在纽约的林肯中心指挥他的交响乐，那在纽约的林肯中心时怎么办，如果他在伦敦的巴比肯艺术中心（更不必说布鲁塞尔的王家铸币局剧院）就已经是这样的状态！她温柔地和他说，于是尼古拉最后就告诉她不仅是因为今晚音乐会带来的焦虑使得他的声音很虚弱，还因为在前一晚由巴比肯艺术中心的经理(或者王家铸币局剧院的经理)组织的晚餐上,他很想她,因为他正好坐在了一个之前病得很重的女人旁边,一场癌症差点要了她的命但是她奇迹般地躲了过去。然后尼古拉就和玛蒂尔德说到了他因为这个女人战胜了这场不可治愈的癌症而产生出的情感,他说到了他想让她活下去的强烈愿望,还有占据他整个人的,令人惊慌失措的拒绝,对于她可能再次病倒并且死去,而玛蒂尔德也可能再次病倒并且死去的拒绝……拒绝这两个如此珍贵,如此卓越的女人,可能因为她们各自癌症的重新出现而再次被折磨,被死亡所威胁,被化疗所摧毁,而尼古拉,在这家伦敦的有机小餐馆里,或者是在布鲁塞尔那家更有机的餐馆里,就用这样的措辞,在电话里向玛蒂尔德提到了,玛丽和玛蒂尔德各自癌症的复发风险,一个人是血癌,另一个人是乳腺癌,还有他对这可怕灾难的极度拒绝,尼古拉突然号啕大哭起来,这泪水的猛烈迸发他已经忍了好几分钟,在他和玛蒂尔德诉说他前一晚产生的希望这个女人不会死,希望她会活下去的渴望时,终于在他的话语中大声爆发出来。我想要她活下去,他对她说。你也是,玛蒂尔德,我想要你活下去……你也不能死去,你不会死去,我不想让你死去……你会活下去,你们都会活下去……你们两个都会活下去,我希望这样,他对她说道,满眼泪水。

尼古拉会哭整整一下午。

尼古拉会不停歇地一直哭到差不多晚上六点,晚上六点三十分,主要是在他选择去吃午饭的这家伦敦的有机小餐馆里,或者是在布鲁塞尔那家更有机的餐馆里(在那里他最后吞下了一份藜麦三文鱼沙拉,为了自己在巴比肯艺术中心,或者王家铸币局剧院大厅里指挥交响乐时不会晕倒)。他关闭了手机好不受打扰地哭泣,能够毫无保留地沉沦在这洪流般的哭泣中,这就是他最想要的了,别无其他,在他看来好像这数小时的泪水和抽噎都在过去的几个月中被悄悄地寄存在了他的本我深处,而把它们释放出来是他那天唯一能够做的事情,也是最惬意的事情。如果他没有为了能够在一个身体和情绪都合适的状态下指挥他的交响乐,而决定这必须停下来,他本能够像这样再哭几小时,整个晚上,一直到第二天早上(他感觉到自己身上有大量的泪水储备资源,还有渴望,深深的渴望)。当尼古拉重新打开他的手机,他看到过去的这三个小时中有不同的人曾尝试和他联系,为了知道他在哪,发生了什么,为什么他像这样没有告诉任何人就消失了。有好几个会面他都没有出席,尤其是和来自《独立报》,或者来自《晚讯报》的音乐评论家的会面,还有和来拍摄音乐会准备工作的电视台工作团队的会面。很显然大家都很担心他,尼古拉素来都是一个可靠而准时的艺术家,他以此闻名。

  他在米兰斯卡拉大剧院上演的这场音乐会(最后,在几个月的拖延之后,一天早上我选定了米兰的斯卡拉大剧院而且之后也不会再改变了,放弃了巴比肯艺术中心和王家铸币局剧院的想法,我的主人公以后会到那里去演出的),尼古拉在米兰斯卡拉大剧院上演的这场音乐会将作为精彩一夜被保留在这个机构的历史当中,在一个交响乐晚会爱好者的一生之中也就能够上演两三个这样的夜晚,这位当代音乐界的新晋红人从未带着如此的真诚与魅力,指挥过他那首著名的交响乐,也没有这样在听众身上施展过乐谱的魔法。在那天晚上有机会来到这个音乐厅的那些幸运儿看来,尼古拉,他如一具活着的模型一般,像一个极为敏感的艺术家那样,出现在被震惊的公众面前,而这种敏感是很少会在一位管弦乐团指挥或者一位指挥他自己作品的作曲家身上看到的(大家本以为他是冷得发抖),他突然让步于那显然已占据他的情感,他哭着指挥了自己的代表作,而这无声的哭泣有时会用波动的轻柔抽搐,拔高了上面说到的伟大作品的演奏。交响乐管弦乐团那宏大

夫妻的房间

的声音,就像一只兴奋的动物那肌肉发达的深色肋部,不时会开始深深的战栗,就好像这声音本身忍住了自己的眼泪,就好像黑暗不时地从它那能够暂时扭曲音乐的不可抑制的情感波动的组织深处升腾起来——这音乐似乎起伏波动地映照在一面很古老的镜子上,或者是一汪池塘那泛起涟漪的水面上。尼古拉以剧院声望所需的精确度指挥着他的作品,但是那徒然的抽泣,没有了眼泪的给养,还继续在他的胸膛以规律的间歇突然出现,这使得他让躺在他面前的这只颤抖着的巨大怪兽,这如此敏感的管弦乐团做出一致的反应,就好像它是他个人的情感延伸,一个呼吸着的附属品一般,于是它被尼古拉那不可安慰的胸膛里慢慢爆发的黏稠的内在叹息所擒住,呼,呼,呼,而尼古拉则从它哀求的心中,因为如此毫无保留地与这八十位音乐家心灵相通,感受到一种迷醉,这些音乐家被看向他哀叹的手的目光吊着,因为微小的差别,因为光亮而痴狂渴望,忧伤,他们传达了指挥棒最微不足道的跳动,人们肯定听出了他们演奏出自己会盲目地任由被带到深渊边上,被带到尼古拉内心世界的最深处,他们应该永远被吞没在那里。如果说他沉沦在这与管弦乐团的大胆对话里,摘下了面具,就像一个男人独自在浴室照镜子时那样,或者就像在他自己的日记面前一样,他的手指间拿着的不是指挥棒而是日记作者记录心事的铅笔,或者是一支带着牙膏泡沫的牙刷,在向他自己吐露自己的痛苦,自己的恐惧,那么这天晚上出现在他脑海中的就只有玛丽和玛蒂尔德。可以说,尼古拉发现自己被推到了那个他在创作那神奇的交响乐时所体验过的同样的心理状态中,那时每天晚上他都会在他们的卧室里,夫妻的房间里,弹钢琴让他的妻子听他的创作,来帮助她康复:那天晚上他在米兰斯卡拉大剧院里是用创作时一样的方法指挥,在他看来,这是第一次,完全重历创作时的道路,不过是加速的、直接的,就像在做梦一样,全面地重新体验作品的创作,确切地重新路过同样的地方，同样的感情，同样的惊叹，重新从内心一个音符一个音符地理解它，他那神奇的交响乐（而不是像我们在指挥一个自己创作的作品时通常做的那样，重新演奏它，重放它，重新回想它），就好像玛丽能活下去，或者不能活下去都取决于他演奏的卓越与否，就好像玛蒂尔德能活下去，或者不能活下去都取决于他演奏的卓越与否，就好像观众们能活下去，或者不能活下去都取决于他演奏的卓越与否……而他在那天晚上，通过他对管弦乐团的指挥，表达了他已经准备好要付出他的全部，全部，包括在米兰斯卡拉大剧院的观众面前脱光衣服，以期生命能够在玛丽和玛蒂尔德的身上尽可能长时间地停留，以盼她们两人的癌症，一个是血癌，另一个是乳腺癌，永远不会复发……以祈望疾病从她们的生命中消失，也从世界上所有生病的女人的生命中消失，从世界上所有生病的并被死神宣判的女人的生命中消失，永远，永远，永远，曲终。

　　在最后一个音符之后，米兰斯卡拉大剧院大厅里出现了一阵不同寻常的寂静。在观众们的记忆中，天知道米兰斯卡拉大剧院的观众的平均年龄有多大，而这平均年龄使得上文说到的关于米兰斯卡拉大剧院那些难忘夜晚的记忆回溯到很久以前，人们从来没有在一曲交响乐结束后，听到过如此大规模的，如此深沉的寂静。这首交响乐作品这天晚上可谓曲如其名（《睡美人》，我好像没有告诉你们这首交响乐的名字，请原谅我），因为石化的观众们似乎成了故事王国中昏睡的臣民，他们好像在动作的过程中被定住了，晕倒在了他们的座位上，一动不动，目光锁定看向管弦乐团，之后才一下子站起来并鼓掌大喊精彩！精彩！精彩！这持续了二十分钟，此间伴随着十二次谢幕。

　　这是当代音乐史上最了不起的长时间起立鼓掌。

　　尼古拉，自从在世界各地的乐团中演奏这首交响乐以来，已经习惯了那存在于他的交响乐中心的催眠魔法,会让观众们,在乐曲刚结束的时候,产生一瞬间惶恐的感觉,就好像观众们需要一些时间来重新定位自己的思想,以便从强大的梦境中醒来,那梦奇怪地发生在一个他们的身体被音乐温柔地吸引的地方,如果不说是因音乐而迷失的话,就像迷失在一片巨大的,满是忧虑多情的野猪的森林里。但是这天晚上这段时间持续得比以往都更久:作品本身但尤其是演奏中倾注的如此特别的情感完全让在场者都石化了,之后他们便用狂热而欢快的热情点燃了斯卡拉大剧院大厅,卡利亚里歌剧院的观众,在四十①年前,在临近的街区,正是以同样的热情扰乱了约翰·凯奇那孤独的表演。

全世界的音乐界都被有关这场除了六百个米兰人之外无人有幸欣赏过的卓越音乐会的传言占领了。到国外演出的邀请数量翻了倍。马丁·斯科塞斯告诉尼古拉他想要尼古拉来为他的下一部电影配乐。尼古拉的经纪人毫不夸张地被各种提议所淹没,并机灵地提高了价码。

在纽约林肯中心的音乐会演出特别成功。纽约的音乐评论,历来以吹毛求疵著称,却也展示出它对一位欧洲艺术家,尤其还是法国音乐家,所能够展现的全部热情。整整一版的《纽约时报》向他们认为的浪漫概念派伟大作曲家的诞生致意,尼古拉任由这个标签挂在自己身上并没有任何不快,因为他很认同:近几年来,尽管有来自倨傲的宗派主义乐迷小圈子的禁令与讽刺,(他们自认为是极为现代的而事实上他们的品位使其倾向于陈旧,或者倾向于所谓当代的颠覆这样的套路。)尼古拉确实一直拒绝在一种如核装甲舰般彻底的高傲冷淡,与天真、质朴、温柔、渴望奇观和完美

---

① 前文讲述的《空舞》舞剧与约翰·凯奇在米兰的演出之间相隔四十年,与事实有矛盾,此处也是同样,事实上应为三十年。

的灵魂那浪漫的情感喷发之间做出选择,也就是说他的风格是包罗万象的,就像《纽约时报》的音乐评论精妙地强调的那样,他那神奇的交响乐《睡美人》有代表性地表达出了,包罗万象的定位。

他在伦敦的巴比肯艺术中心,紧接着也在布鲁塞尔的王家铸币局剧院,指挥了他的交响乐。

在二〇〇九年三月,尼古拉在巴黎,拉图尔多维尔尼街上,遇到了米兰斯卡拉大剧院的经理,他旁边是一个陌生的女人,他和经理说了一会儿话,而那个陌生的女人很标致,很漂亮地穿着一双鞋,她离开他们十几米远,对一家古着店的橱窗很感兴趣。他们很高兴再见到彼此。米兰斯卡拉大剧院的经理说每周都会有人和他谈起尼古拉在那里指挥的那场令人难忘的音乐会。他向他承诺下次来巴黎时一定提前知会他,他们再一起吃饭。在他们分别之前,尼古拉想起来问米兰斯卡拉大剧院的经理是否知道玛丽怎么样了,他还保留着和她一起晚餐的美好记忆——瞬间这位音乐爱好者的面孔就暗淡下去了。你不知道吗?他问他,然后尼古拉回答他:

"知道什么啊?发生什么事了吗?你知道,我没有和她保持联系,我只是保留着一份美好的……"

她又病倒了,米兰斯卡拉大剧院的经理打断他说道。非常严重的复发。不知道她这次是否能够挺过去。她的医生很悲观。但像上一次人们也是向她宣告说她只能活六个月了……(停顿。吸气。)啊,尼古拉……他接着说道,眼里噙着泪。玛丽是我很重要的一个朋友,我非常喜欢她。我试着尽可能常去看望她。

尼古拉顷刻间被这个消息所震惊。他的身体一瞬间被掏空了。他知道自己脸色发白。他想哭。

替我拥抱她。告诉她我想念她。我永远也不会忘记我们在米兰大街小巷上的漫步。

我知道,她和我说过。

啊,她和你说了……

她非常喜欢你,你知道……

……

给她写信吧,尼古拉。给她发一个短信。甚或给她打一个电话吧。这会让她很高兴的。你有她的联络方式吗?

好的,好的,我有的,谢谢,我会这样做的。你说得对。我会给她打电话的。请原谅我,我有点不知所措。

我也是这样。好吧,回头见,尼古拉,还有人等我,米兰斯卡拉大剧院的经理总结道,他用目光指了指在不远处,马路对面便道上的陌生女人,因为她这时已经过了马路,正贪婪地仔细看着另一家古着店的橱窗。

这之后的周六,两天之后,当他醒来的时候,尼古拉听到他的小儿子在厨房,问玛蒂尔德:妈妈,soliflore 是什么意思?玛蒂尔德回答他:唯一的花……是一个只能容纳唯一一枝花的花瓶……他觉得在半梦半醒间截获的这段简短对话特别动人而且高明,以至于在卧室的阴影里,在这周六早上羊水般的温柔中,他这个疯狂爱着玛蒂尔德和家庭中美妙亲密的人,重新闭上眼睛,决定周一早上要去米兰以便让玛丽确信他的支持,让她看到她不是一个人,他在那儿,她可以依靠他,他不会让她死的。

他也不是没有意识到这个想法有多荒唐,多站不住脚。毕竟他并不熟悉这个女人,他只和她一起度过了一个晚上(一顿晚餐接着是在米兰街头的一场短暂而暧昧的漫步)。但是这个念头还没在他那没有睡醒的大脑里孵化好就已经变成了一个决定,而他知道,尼古拉很了解自己,他不会回头的,不管这个想法有多冒险和缺乏根据。

不管我们想不想要,也不管我们要给它冠上什么名字,甚至包括一个尚不存在因此还需特意发明的名字,来与这个还没有被表达,没有被任何寓言和传说所澄清或阐明的概念相对应,在那顿晚餐期间一种特别的情感已经在尼古拉的身上产生了,而这种难以察觉的感情的真实性在第二天午饭时由于他与玛蒂尔德那令人心碎的对话,和之后在米兰斯卡拉大剧院上演的音乐会,而被消化吸收了,我要提醒大家在那场音乐会上尼古拉会成为音乐史上第一位让一个交响乐管弦乐团哭泣的作曲家,这是如此不可思议就像有一天马戏团的一位驯兽师找到了让一头狮子,甚或是一头老象哭泣的方法,而这被称之为哭泣的表现——还有因为那顿非常的晚餐而出现在尼古拉身上的特殊感情对像他这样的一个男人来说也许还有待定性,他爱着他的妻子并且十分忠诚,另外还比较理性,或者说通情达理,也就是说原则上他不倾向于进行想入非非,充满冒险的活动(当然这说的不是音乐的领域,相反地他在这一领域会冒最大的风险),于是,我说道,这特殊的感情也许有待定性,而它让一个像尼古拉这样理智的男人,头脑一热决定要去米兰拯救那个女人,这种前述的特殊感情将他和她永远联系了起来,这里所涉及的情感是多么神奇啊,它甚至还没有一个名字。

  从他们的房间里,夫妻的房间,就是在这同样的房间里尼古拉那时每天晚上都会给玛蒂尔德,在钢琴上,随着创作的展开一点点弹奏,那首为了使她康复而写的神奇交响乐,从那里他听到玛蒂尔德,在厨房里回答他们的小儿子,唯一的花……是一个只能容纳唯一一枝花的花瓶……这句话触发了一个显然的事实,在他那因为悲伤而不堪重负的思想里,在他于拉图尔多维尔尼街上,从米兰斯卡拉大剧院的经理那里得知玛丽已经重新病倒的两天之后,触发了他于情于理都不能任由她一个人这一显然事实,如果不是实实在在地有所动作那至少也应该在思想上做些什么,但有什么比去到当场盯着她眼睛告诉她这一切,还能更好地使一个女人相信有人在思念她,并在这场与原则上不能被治愈的癌症的战斗中如此支持她呢?尤其是如果这个女人不久之后就要死去了,因此如果我们有一天要重新盯着她眼睛看的话,那也许就不能再等了,虽然关于医生们认为她还剩下多少个礼拜,米兰斯卡拉大剧院的经理并没有给尼古拉任何的线索。我们每个人在脑海中不都有几个例子,那就是认识的人因为一场可怕癌症的突然爆发而在几个礼拜,或者二十多天里去世吗?所以尼古拉得在周一就去看玛丽,在被那三天之后就要重新开始的全球巡演缠住之前。

这就是我想要在《唯一的花》里讲述的,如果我有力气开始创作它的话,这部我梦想写出的小说。

周六傍晚的时候,在和玛蒂尔德还有他们的两个儿子在巴黎进行了一次惬意的漫步之后(得给他们俩每人买双运动鞋,这么快?!但是两个月前刚给他们买了呀!他们在这个年纪长得可真快啊!!他们每两个月就需要一双新的运动鞋吗??!!),尼古拉告诉他的妻子他和米兰斯卡拉大剧院的经理谈了话,而且有一个紧急的事件需要他在下周一开始的时候去米兰。他没有骗她,就像我们可以观察到的,一丝不苟(精心准备的句子),但我们要注意他的任务进展得非常顺利,这是因为玛蒂尔德,这个高尚正直,独立自主,极为聪明的女人,她从来不会就他安排自己时间的方式提什么问题。首先她不妒忌,然后她对屈尊于怀疑通奸的这种屈辱感到十分厌恶(以至于她觉得仅仅这个词本身就是对她人格的损坏,侮辱,贬低),但主要是她很早就明白了,她得让住在作为她爱人与丈夫的这个男人心里的艺术家有基本的行动和想象的自由,她知道自己得接受在尼古拉的生命中会一直都有一片她进不去的秘密领域,它被铁丝网包围起来,就好像在他们夫妻生活的世界里有一堵从一头横穿到另一头的竖着碎玻璃尖的专制的高墙,而它是被这高墙所隔开的她过不去的东柏林。另外于此她适应得很好,我们甚至都能确定她感到很放心,因为能够看到她丈夫内心世界里这逆反叛乱的部分,这从他的独立中产生的孤僻、乖戾、妒忌的部分,甚至对于每一个陌生的入侵企图来说都极具危险的部分,它不仅没有随着年龄的增长而回缩,而是仍然显得那样富有生命力、青春洋溢、极端而保持着警惕,就像他们两个初见时,几乎是二十多年前一样,从她那充满爱意的妻子的角度对此做出的判断看来,这是一个奇妙的海角。

玛蒂尔德问他打算哪天出发,而尼古拉回答她他得在周一就抵达米兰,他不是明天晚上,就是周一一大早出发,他得上网看看还有哪些航班有票。你什么时候回来?我还不知道,尼古拉回答她道。周二或者周三。不管怎样最晚我都得在周三晚上回到巴黎,我周四就要重新启程开始巡演了。已经决定要去哪里了?我忘记了……都记在冰箱门上了,但是我想不起来了……你知道的,是我和巴黎管弦乐团的巡演,尼古拉回答她道。德国、奥地利、匈牙利……哦,是的,是这样的,我太笨了,是你和巴黎管弦乐团的巡演,玛蒂尔德回答他道。是这样的,当然,太棒了,我想什么呢?!

她很出色。玛蒂尔德是无可取代的。他疯狂地爱着她。

自从他出乎意料地在妻子面前提出了这个假设,尼古拉就想与其周一早上抵达米兰倒不如周日傍晚到达来得更好。在一个周日,夜幕一降临,也就是说偷偷地,深入城市,就好像他要逃离自己的生活并隐没逃亡到时间之外,不可企及的,不可能出现的一条真实世界中的美丽而深邃的缝隙中去一样,他认为这个想法和他想要去米兰向玛丽保证他会在她的身旁陪着她一起对抗疾病的渴望完美地结合在了一起,而这也就是为什么他开始全心期盼能够找到合适的航班。

尼古拉打开法航的网站并查询时刻表,有一趟航班在下午三点二十五分出发下午四点五十五分到达,一趟在晚上六点十分出发晚上七点三十五分到达(这趟非常合适),最后一趟是在晚上七点五十分出发晚上九点十五分落地。

不幸的是,还有余票的航班只剩下那趟晚上七点五十分出发的,其他的航班都售罄了,对玛蒂尔德来说这趟航班的时间很理想,因为这加深了周一早上他在米兰有一个有关工作的临时会面的可信度,但这时间也很令人困扰,因为对于一个礼貌得体的拜访来说这也许太晚了,如果他想要在周日晚上就去到玛丽家的话,而这绝对是在这次由奇怪灵感引出的短暂停留中他梦寐以求进入的门,他在电脑前焦虑地重复着。尼古拉想要的是无声无息,神秘还有不真实,他不想在一个平庸、乏味、透明或许阴雨绵绵的时候,一个大家都去到办公室的时候去按响玛丽家的门铃。相反地,他感到自己处在一个就像正准备创作一首交响乐时那样相同密度和布局的隐匿和秘密的状态之中,就好像他在将要不合时宜地出发去往意大利之时,准备创作一首交响乐一样,这次他要与自己的欲望,自己的内心生活所组成的管弦乐团一起,用组成他幻想的相同成分,用时间和时间的厚度,用那些将要把他们,玛丽和他,结合起来的日日夜夜来创作——但尤其是要用这模糊而诱人的成分来创作,他早在两年前在斯卡拉大剧院不远处的一家有机小餐馆哭了一下午的那天,就感到它在自己的身上产生了并发展着,换句话说就是要用这特别的还没有被命名但却将他和她连接起来的情感来创作。是的,在未知的,前所未见的,没有编录身份的,完全孤立简化为它那隐晦而无与伦比的独创性的未知之地上的短暂停留,这会给他带来成为一件艺术品的感觉,而这艺术品的联合制作强制要求他们两个在这段剩下来的时间里都待在米兰,在最靠近生命、生命中的美、生命中的神秘和生命中的脆弱的地方，完全就好像他们将要创作什么东西一样，玛丽和他，一起，在这三天里（如果他确定自己要和她一起待三天的话），要创作一些他还不知道其本质的东西而恰恰是这一点让他感到兴奋，他总是以这样的方式体会到一种巨大的兴奋，就像当他感到一段还有待继续创作的如极光般精妙的音乐段落的灵光乍现在他的身上颤动时一样，而他还并不清楚这个段落会变成什么样子。

当然，尼古拉去米兰不是要和这个女人做爱，他去那里更不是因为友谊（他还不熟悉她），他去那里也不是为了得到音乐作品的素材（因为这种事会发生在艺术家身上，我们要当心），这里涉及的完全是另外的原因，他模糊地感受到了它，但却不知道它实际上是什么。而也许这就是为什么他毫不反抗地就屈服于这种突如其来的强烈需要，在许多不合理的方面让步，这是为了认识清楚它，还有通过这灼热的好奇心的坚决而本能的实验来体验自己，体验真实的世界，就好像这好奇心不知不觉地一点一点地把他带到了未知的空间，一片隐蔽的迷人湖水（就像那些孩子，在他们的游戏中，偶然地，无意间走进一个大洞穴那几乎被封阻的入口，从而发现了奇妙的岩洞）。

或者我们可以说他去那里是因为悲哀，这悲哀是于两年前他在斯卡拉大剧院的著名音乐会的前夜出现的，有关玛丽的，还没有名字的特殊情感的发散物。

尼古拉甚至在知会玛丽他的到来，尤其是时间如此晚的到达之前，就买好了机票，他觉得自己应该以这种方式行事，不采取平常谨小慎微的举措，他用自己的工作事务卡买了机票并打印了出来。

然后他就开始写准备发给玛丽的短信。

玛蒂尔德做的蔬菜牛肉汤，正在体积庞大的镀银锅里文火炖着，它浓郁的香味充满了公寓。这是尼古拉最爱吃的菜（他的孩子们经常嘲笑他，因为据他们看来至少有十五道菜都是他最爱吃的菜，而这也并非完全不对）而且还是他自己在早上，在市场里，告诉玛蒂尔德他想吃牛肉蔬菜汤的。

　　亲爱的玛丽。我这周在街上遇到了斯卡拉大剧院的经理。我要来米兰。我明天晚上九点十五分落地。有点晚，我知道，但是没有什么会比在明天晚上将近十点的时候，能够见到您能让我更开心的了。在您家或者别处，在一家酒吧，或者您想去的地方，看您怎么方便。只需告诉我。我很高兴能够再次见到您。我撤销那不合时宜的像黑马一样的出租车和它在夜里荒谬的奔驰。拥抱您并祝愿您有一个愉快的夜晚，尼古拉。

　　他重新读了一遍。

　　他听到玛蒂尔德在和多纳西安说话，他是他们的小儿子。大儿子在他们的房间里正在看一部电影，夫妻的房间。

　　他犹豫了。

　　他又重新读了一遍。

　　他删去了不合时宜的这个词，基于现在的状况（她马上就要死去了），这太矫情了。在提及与米兰斯卡拉大剧院的经理的见面之后，关于这点他细化了一句：他告诉了我。无论如何还是应该让她知道尼古拉已经知晓她再次病倒这件事。为了使得情况能够尽可能地清楚明白，他甚至加上了：我来看您。所以他就很符合逻辑地删去了：我要来米兰。他加上了他会落地米兰。他还在后文中，为了避免重复，用动词会面代替了见到。不，用动词重逢来代替会更好。

　　好了。

　　我们重新读一遍：

　　亲爱的玛丽。我这周在街上遇到了斯卡拉大剧院的经理。他告诉我了。我来看您。我明天晚上九点十五分落地米兰。有点晚,我知道,但是没有什么会比明天晚上将近十点的时候,能够与您重逢能让我更开心的了。在您家或者别处,在一家酒吧,或者您想去的地方,看您怎么方便。只需告诉我。我很高兴能够再次见到您。我撤销那像黑马一样的出租车和它在夜里荒谬的奔驰。拥抱您并祝愿您有一个愉快的夜晚,尼古拉。

他又重读了一遍,在方便这个词后面再加上了:这很重要。

很好,就这样吧。

他撇着嘴瘪着脸发出了短信(他知道自己按下了一枚威力巨大的炸弹的引爆按钮),他把智能手机调成了飞行模式然后走向厨房去与玛蒂尔德和他们的儿子们在一起,同时和自己约定在晚餐结束前不去看手机屏幕。他不想让这种对玛丽的一个可能的回复的焦急等待占据他整个头脑,进而去分散在这个美妙的周六晚上全家人有权从他身上获得的注意力,甚或让他那忧虑的味蕾觉得牛肉蔬菜汤索然无味。另外假设她回复了,那她又会对如此奇怪的信息怎么想呢?他不知道,也不希望再想这些。

美味的牛肉蔬菜汤,节日般的气氛,欢笑,快乐,总体上的好心情。尼古拉趁这个机会(什么机会呢?他要去米兰的决定?牛肉蔬菜汤的成功?他对玛蒂尔德那不灭的爱?我一点也不知道),打开了一瓶作曲家布鲁诺·曼托凡尼①送给他的圣琵飞酒庄的教皇新堡,那是一个要求严格的人,他的尊重和友谊从来都不会名不副实,他鼓励着尼古拉甚至温暖着他的心,我们能毫不脸红地说,这么多年来:他一直非常爱他。

敬你一杯,布鲁诺!尼古拉举着他的杯子说道(他知道布鲁

---

① 布鲁诺·曼托凡尼(1974—),法国现当代著名作曲家,巴黎国家高等音乐与舞蹈学院院长。

诺在佛洛伦萨)。尤其是要敬我们,我们的爱,他用自己的杯子轻碰玛蒂尔德的杯子又说道,玛蒂尔德带着温柔的微笑,回答他:敬我们的爱,尼古拉。

当我在为《唯一的花》做笔记的时候,布鲁诺在为巴士底歌剧院安杰林·普雷祖卡舞团的一支芭蕾作曲,因为我写了这出芭蕾的舞剧简介,《悉达多》,布鲁诺·曼托凡尼那时每周要给我打好几个电话来询问我舞剧中的故事,人物的动作和想法,舞台上的氛围还有各幕之间在剧作艺术创作上的作用,以便构思出尽可能准确和具启发性的音乐和管弦乐团的音域。和布鲁诺·曼托凡尼一起工作绝对是一件乐事,在他家,拉斐特街上,听他给我唱那用铅笔草草写在巨大纸张上的乐团谱子也是一种享受,以至于我拿录音机录下了好几次我们工作的内容,这是为了能够将他的句子和其中新奇的词汇注入那时我想要写的那部小说,《唯一的花》之中,但很不幸的是我忘记把这些对话的录音放在哪里了,在里面他模仿着管弦乐团里的每一件乐器来向我描述他的交响诗《悉达多》,否则,你们可以想到,我应该早就已经在这里用上那些绝妙的片段了。

晚饭过后,尼古拉回到他的书房,关闭了智能手机的飞行模式然后马上就收到了玛丽刚刚发给他的信息。

还好他没有在这天晚上的早些时候看手机,因为当他观察到玛丽没有立即回复时他会开始感到恐慌,他会焦急地想要知道自己在向这个将会不久于人世的女人展示他的意愿的同时是否做了一件不可被原谅的蠢事,这意愿被如此迫切地表明和强调,以至于她本有可能会觉得它非常愚蠢,没有一点分寸,几乎像是奔丧,就好似他已经要将她埋葬,但是好在玛丽没有误会他临时来米兰的消息,这来访目的是为了看她,而这对于尼古拉来说是一剂无可比拟的宽慰,他的肚子里就像放了烟花。

亲爱的尼古拉,

知道你的近况我很开心。

您明天会出现在我家,这将是一个美丽的惊喜,即使时间很晚。

不幸的是,我还是得告诉您,那天晚上您让我骑上那匹快马,而我已经不再是那个女人了,多希望这一晚没有发生!(多希望这一晚没有发生:多美啊,说得真好!尼古拉一边读着这句话,一边自语着,很激动。)她再不存在了,这个女人。我不知道自己是否准备好消化,我的外表明晚免不了会在您的眼中所引起的打击,也可能是苦恼,也许是不安,尤其是相较于它在您的记忆中所留下的美好印象,至少我是这么认为的!☺但如果您坚持的话,如果这对您来说和您在信息里亲切地表达的一样重要的话,我会接待您的,我会把我的地址回复给您。

对于我来说您想着我就是极大的快乐了。当然与您重逢也是一样。

温柔地拥抱您,

玛丽

尼古拉的心脏强烈地跳动着。一种奇怪的情感侵占了他的胸膛。

亲爱的玛丽,

感谢您的回复,其中的敏感细腻非常地打动我。您的信息震动人心。它加强了我明天晚上去米兰看您的意愿。我迫不及待了。明天见,晚安,尼古拉。

通过回复的短信,玛丽将自己的地址和一些如何去到她公寓的说明发给了他,之后总结道:

我会急不可耐地等着您,尼古拉。没有什么比您要来米兰的消息更让我感到高兴的了。不,世界上再没有什么能让我如此高兴了。这是您送给我的一份无与伦比的礼物。我觉得在自己现在所处的情况之下,我可以让自己如此简单、直白地告诉您这件事。拥抱您,玛丽。

4

关于玛蒂尔德和尼古拉，我还没有讲述的是以下部分，因为这个机会直到现在才出现，但也许这恰是最理想的时机，在《唯一的花》中，如果我写出了这本书的话，会呈现这些细节，玛蒂尔德的病在它过去之后留下了比他们想要承认的和让别人知道的更多的一些危害和伤疤——尤其是因为就像处在大旋涡之后的浑浊的水中一样，需要一些时间，才能让被玛蒂尔德的癌症，它那繁重的治疗和随之而来的一段时间的忧郁在他们身上所卷起的微粒一点点回落到他们的生命中，换种说法就是要去建立那些本被认为是肯定的和不可逆转的，还有那些相反性质的在短期内就会蒸发的部分，我在这里说的自然就是这种疾病是如何重新配置正在康复过程中的患者的亲密生活或者有机生命的某些方面。

而且她的乳腺癌这一经历，尤其会使得各方面的分配更为复杂，它加深了在她身上一直以来最让尼古拉喜欢的一点——这甚至，能够被看作是她这个人物形而上的根本（我故意用了人物这个词：在某种程度上玛蒂尔德对于尼古拉来说一直都是一个人物）——，然而在某些方面一个人性格上最突出的特点的这种强调可以被看作是有害的,而这也就是他们俩,她和他在疾病之后所面对的悖论,这也是上文所述的那种时间的需求所抛下的,甚至是装置的悖论:这种来自更新之后的人格的神秘诱惑使得一种情况成为可预见的结果,那就是不将补救玛蒂尔德的乳腺癌在她身上留下的后遗症看作是一件亟须做的事,因为这后遗症中的某一些并不会减弱尼古拉眼中的神秘,水晶般的优雅,还有一直以来环绕着玛蒂尔德的有毒的黑色浪漫氛围。

在尼古拉看来,她经历过乳腺癌的严酷考验之后,她康复后的几个月以来,她身上加深的是与别的女人相比无法忽视的区别,一种对他来说非常特别的打碎一切的能力,同时还伴有一种十分强大的力量。

他第一次看到玛蒂尔德,是在他们共同的一位朋友家的聚会上,那时她十分冷漠而且安静,令人害怕,从周围的嘈杂中将自己抽离出来,她整个人就像被从一部她出演的戏剧中驱逐了出来,站在一盆柠檬树旁边一动不动,而这立刻吸引了他。

尼古拉一直都被她身上这种旧时妇女或者更确切地说是超越时间的,不会漂浮不定的女人的不符合现实的举止所吸引,这并不是说她不是一个属于她那个时代的女人,证明就是,玛蒂尔德,作为一个战略顾问,在她的时代占据了一席之地,这个职位可以被看作是被肯定的,甚至是极具进攻性的,总之是非常现代的。但只有她那如宝石般罕见的杰出,她那如绝壁般的正直能够还原她,她一直表现出一种公正、高要求和具有一定高度的视角,而这一切从未停止对尼古拉的吸引,就好像与他分享生活的这个女人日复一日地在他不可置信的眼神的注视下追寻着一条只有她一个人能辨别出的路线(与此同时大多数同代人都给我们一种在追随着约定俗成的、集体的、无聊的、令人失望的路线的感觉),她切实地表现得像一个一如既往出人意料的妻子和战略家,就这点而言许多主意、想法、最有趣和最具灵感的意见总是能够从她的思想里涌现而出。以至于在家里和在办公室一样,和她在一起时,人们总是不能让自己陷入放任自由,不求甚解还有态度和行为的自动化或者机械化之中,而这也就是一直激励尼古拉,使得他的艺术追求屡创新高的东西。

当我们和玛蒂尔德一起生活或者工作的时候,唉声叹气、沾沾自喜都是不可能的。

为能了解清楚他们这对夫妇,需要再补充一点,那就是自从他在黑暗中,越过整间屋子,穿过众多舞者的身体隐约看到她一个人在一盆柠檬树旁边,当时她的姿态一点都没有邀请人与她展开对话的意思更别说调情了,自从那天晚上以来,尼古拉一直都感到玛蒂尔德,像是一个既虚弱又强大的女人——她是那种他从未遇到过的最脆弱同时最令人印象深刻的女人中的一员,仿佛大理石与水晶的结合体。

他第一次和她说话,就是在他们俩这个共同朋友的聚会上,在他被她的外形,尤其是她那穿着薄底浅口黑色高跟鞋的长腿所吸引之后,他在她身上感到了一种束缚她的模糊力量(正是这一点让她变得特别而且和别的女人不一样),就好像玛蒂尔德被一种将她与无忧无虑、自然、发自内心的快乐的社交生活隔绝开的折磨所消耗。她,是的,玛蒂尔德,在尼古拉刚认识她的时候,在强烈的光芒之中,有一些衰弱疲惫的东西。一些被惊吓到的东西。而尼古拉,则在玛蒂尔德刚刚出现在他眼中时,就希望自己能够成为她的意中人,最终的意中人。

和玛蒂尔德一样,他也一直都能体会到自己的脆弱和与众不同,还有不适合社交,但他从孩提时代就感到,在自己的内心中,有一种相关的力量和能力的积累,那就是他梦想创作的音乐(那时,他二十三岁,还在巴黎国立高等音乐学院学习作曲),尼古拉,当他遇到玛蒂尔德时,她是那么孤单与遥远,一动不动,看着别人跳舞而自己却不敢或者不会跳舞,当这两个人互相靠近,说话,认识,欣赏彼此的时候,这两个脆弱、恐慌、害怕的人,这个男人和这个女人都各自在他们的小角落里等待了很多年等的就是能够发生一个事件来将他们从自己的世界中解救出来,将他们从自己那黑暗和被孤立的感觉中拯救出来,因此,我说,当他们互相遇见的时候,两个从前十分脆弱的人结合了,他们彼此身上的弱点互相吸收进而消失了,如此一来这些弱点才能变成一种共同的不可分割的力量。他们互相保护着,他们压缩着彼此的弱点,带着或多或少故意的想法要将它们变成一件武器同时也变成一副盔甲,他们两个人通过结合彼此那被从紧紧束缚中释放出来的才华让自己成长了,他们平静下来并且与外部世界和解了,随着时间的流逝,开始进入了渐渐改变的状态,变成了他们今天这个样子:尼古拉成了一位知名的音乐家而玛蒂尔德则是一家著名咨询事务所的负责人。因此,玛蒂尔德快速发展的癌症这一插曲,见证了尼古拉超越他自己为她创作了一首交响乐并每天晚上都在他们的卧室,夫妻的房间,随着创作的向前推进,在钢琴上弹给她听,这是为了帮助她战胜疾病而最终也让他达到了一个他从未敢梦想有一天能企及的显赫名望,这个插曲就是他们两个人生命的这种根本而必需的互相补足的展示样品,而这两条生命,如果分开的话,就会很直接地崩溃,重新变回两个脆弱的人,而在他们内心深处其实两人一直以来都还是那样脆弱的,他们二人都明白这一点,尼古拉的离开和他在米兰延长的停留构成了从那时一直到今天对于他们这神圣结合的第一次也是唯一一次侵害——他要去与一位即将去往死亡国度的女人会合,而这并不陌生,而且,我想,事实就是在他们的故事中确实可能存在这样性质的侵害,如此奇异,如此难以想象。

就像两个孤零零的吸血鬼,玛蒂尔德和尼古拉对能够让他们与这个充满僵尸的可怕世界和解的命中注定的相遇不抱任何希望,而他们在人群中互相探测到了对方并且将彼此的灵魂焊接在了一起,好共同生活,从那以后他们便不能想象在没有对方陪伴的情况下忍受生存,面对世界的丑陋并战胜它的真实。他们一直以来就是这样理解他们的夫妻关系的,而我认为我们也应当如此理解爱,就像一个同盟,一次远足,一个欲望与抱负、能量、力量的集合,以此来一起抵抗生活摆在我们面前的所有艰难、陡峭、可怕的一切,但也是为了一起享受旅途上的美妙(因为旅途可以是美好的),以期最后能够尽可能地快乐。决定成为两个人而不是单独一个人,融合并在生命旅途上变得更强大、更聪明、更欢快、更果敢、更有耐心、更审慎、更坚实、更机敏、更具洞察力,因为我们是两个人,因为我们选择了两个人一起来走这同一条路同时各人保留着自己的梦想和清晰的打算,我认为,这是一种像其他任何方式一样构思爱情的方式,可能也是最美丽的,甚至其实也许是唯一的一种。

为了回归到她天生内在的独特性中,玛蒂尔德以下的性格特征从我上文提到的她的弱点中保留了下来:她不会也不想有一天学会开车,她没有丝毫的方向感(包括在她之前熟悉的,几年来常去的和丈量过的城市与街道中也是一样),她在时间中也和在空间中一样感到迷茫(没有一个日期与年表能够录入到她的记忆当中,就仿佛在她眼里她的生命不是一条标有刻度的线而更像是一个球体,在那里,她生存的种种回忆、感觉和事件自由地飘浮着,可以移动,并互相融合,这样说来它们彼此都同时存在,又和一切共存,遥远的过去和近期的过去与正在流逝的现在都一样),她仍然不能独自一人乘坐飞机或火车,当她要去外省或者外国的时候,得有一个助理陪同她,她继续时不时地,尽管这已经罕见到几乎绝迹,遭受恐慌的发作,程度特别猛烈以至于尼古拉得立刻过来抢救她好使她平静下来,甚或将她带回家。玛蒂尔德没有所谓的好闺密,能跟她在下班之后的晚上,像英国人一样,喝着白葡萄酒并与之讲述内心世界,一直到喝醉并讲到不为人知的秘密。她不在任何社交网络中。在社交中,在晚餐期间,她几乎什么都不说,而对于在晚餐餐桌上什么都不说,和自己引起的冰冷或自负——或者是更常出现的不自信——的印象,她也完全不介意。别人的看法对于她来说完全无所谓,她不需要爱和喜爱的表示(除了尼古拉、她的孩子们和她少有的几位朋友带给她的爱),她可以承受被讨厌,被打败,被鄙视,被小看,她不在乎。她绝不会在别人那里寻找重视和赞许,也许除了在她工作的过程中,但即使是面对顾客她也会保留这种吝啬言语的强硬态度,这对她来说是一种习惯,同时也赋予了她的简要语句一种权威性意见的突出感,而这也正是他们来她这里寻求的,当然应当收费。她总是用一种简单直接的方式说出她要说的令人不快的一切,没有颤抖也没有退缩。没有人能够使她感到害怕。当需要出击的时候,她总是全力以赴毫无保留。她不会胆怯。她的语句,在她气场全开的时候,会粉碎对手(这在家里甚至会让夫妻间吵架,还有对孩子们批评的原则无效),她那笔直尖锐的眼神比它旁边的五官更加令人生畏。她从来不屑于乞求、羡慕、嫉妒、猜疑。她从来没有小心眼过。尼古拉从来没有听到她仅仅是为了诋毁的乐趣,唠叨过闲话或兴冲冲地对令人不快的谣言做推测,或者她是不经上诉就给那些她不喜欢的人或者不再喜欢的人判了刑,把他们从脑海中清除了,天知道,她不喜欢或厌倦了去喜欢或让她失望的人竟有那么多。她一直以来总是很严格,她用墓志铭般简洁的方式表达自己,不过多展开她的想法,而尼古拉好像常常是唯一一个理解她的人。她所拥有并崇拜的真正朋友,委实不多,他们对她表现出极大的喜爱,她以这种带刺的独到之处,使他们印象深刻同样也让他们感动。

所有这一切都表明,她不倾向于吐露秘密,即使是对尼古拉,她也依然顽强地保持腼腆、保守、神秘,在自己周围竖起极高的围墙,尼古拉从来都不敢和她谈某些涉及她隐私的(玛蒂尔德的隐私)或者(例如)他们性生活的话题,他害怕在她面前表现得粗俗和不得体,或因企图深入到他们的爱原本的奥秘之中,为了阐明它,而在她的眼中失去地位,那是多么难以忍受的失礼啊。因此只有在尼古拉整整坚持了三次,想让她对他说出她身上的变化的情况下,玛蒂尔德才将她的乳腺癌心理上的后遗症表达出来。说出她在自己身上感觉到的东西。说出让她害怕,使她痛苦的东西。说出她之所以不再想要他还有不再想和他做爱的原因。

这三个独特的晚上,他得到的,她同意向他描述的,当然也和他自己从她的整体状态中观察到的情况结合了起来,那是一种神经和肌肉都非常疲惫和虚弱的状态,甚至在化疗结束好几个月之后依然如此,但尤其是一种对于复发可能性的无法表达的害怕的状态,统计学上的一个假设在她这里变成了一个烦扰,一个不祥的执念。以至于尼古拉经常生气地强迫她相信,他认为她对于死亡的强烈恐惧本身正说明了她热爱生活,而这恐惧却反过来让她无法承受,这是充满悖论的。如果将余生都用于去害怕生命会停止,为什么还要生活?! 还不如好好享受生命,玛蒂尔德,不是吗? 享受生命,现在疾病已经过去,忘却它吧!或者不如死去吧,如果只是在耗时间苦苦等待的话!当尼古拉看到玛蒂尔德陷入复发的恐惧当中时,他对她这样说道。

这种对于复发的恐惧是乳腺癌留下的主要反应,至少是最具侵略性的,五年来玛蒂尔德被卷入了一个病态的螺旋,而她控制不了这个螺旋的加速(这并不影响她工作,发展她的公司,工作还是能够让她忘却这些折磨的最好方法)。

另外,她病愈之后,从她之前持续的眩晕感中,也许有一部分是从那段她因为化疗而不可能在下楼梯时不感到害怕摔倒的时日中,她感觉到自己重心的变化,这种不稳的感受一直留在了她身上,而她不能解释这是否有一个生理上的原因,或者这是否另一个心理上的后遗症。她失去了平衡感,包括在一些不特别需要平衡感的情况下依然如此,例如在街上行走。尼古拉经常看到她踉跄,她有时会在走下便道的时候摇晃。平衡,是由我们所拥有的被大地紧紧抓牢的感觉决定的,在那三个独特夜晚中的某一晚,玛蒂尔德对尼古拉如是说,而她,玛蒂尔德,自从她生病开始,根本不再确定,自己是被牢牢固定在大地上的,因为她随时都可能消失,就像乳腺癌的突然爆发向她残忍展示的那样。她眩晕的问题让高跟鞋都被流放了,高跟鞋从她的外形中消失了,而它们曾是她的标志物,就像尼古拉知道的那样,因为他一直以来都喜欢看她穿细跟高跟鞋,那会使她的腿显得比本来更长、更细、更诱人,而这种消失促使玛蒂尔德,在穿衣风格上,对自己进行了重新改造。她被迫放弃了走钢索的女人一般四肢细长、轻盈、绝美、穿着精致的鞋的形象,而将她的外形和存在都录入进一份新的与大地的关系之中,更为踏实,也少了一些脆弱。变成秃头后她也留过极短的头发,这也让她产生了一种更极端地穿衣的渴望,少一些性别特征,多一些更为摇滚和战士的风格,那是一种融合了古代与现代,男性与女性,经典与大胆,粗糙与柔软,华丽与简洁,奇特与庄重的风格,这样做是为了迷惑敌人,让疾病迷路,使她自己变得难以追寻。

在那三个独特夜晚中的某一晚,玛蒂尔德对尼古拉说,当她在自己的左乳发现一个如杏子般大小的肿瘤的时候,她还记得她强烈地感觉到自己还年轻。然而那时她已经不再年轻了,因为她已经四十四岁了,但是她对于当时的思想状态和这种萦绕在她心中的年轻的感觉记得很清楚。她现在几岁了呢?她不知道。她不再有年龄。她感觉自己是没有年纪的。疾病夺走了她的青春也夺走了她的年龄。

年龄,年龄感,对每个人来说,是对将我们和自己可能死亡的时间点分开的距离的直觉,在那三个独特夜晚中的某一晚玛蒂尔德对尼古拉说道。在尚年轻的时候突然面对一个自己的生命会被缩短的假设,这一事实使得这个长度被改变了,与自己的死亡之间的距离不再有任何推测。而这并不意味着它是消极的,因为它是一份只按自己的生命力来计算的与年龄的关系。唯一重要的标准不再是她的年龄,而是她当下的生命力。我们是活着,还是没有。不再有年龄,并不一定意味着我们老了,这说的是只要我们保持自己的生命力那么我们就依然年轻。

玛蒂尔德继续和尼古拉说着知心话,但她被迫停下来好几次,因为她哭了。在他们客厅的长沙发上,她停止了说话并轻柔地哭着,就像在低声说着什么,一动不动地,几乎没有声响。她哭着,就像我们能够想象一只小鸟哭泣时那样。就仿佛是栖息在树枝上的一只呜咽的鸫鸟,它的雏鸟被害虫吃掉了。

最终,她,在她作为女人的生命里,从生理上的状态来说,从荷尔蒙的情况来说,她在仅仅六个月里从四十四岁跨越到了五十四岁。在短短六个月间,她磨碎了十年的生命,但也有十年的成熟。

玛蒂尔德哭泣着。漫长的沉默。尼古拉等待着。他握着她的手。

这太庞大沉重了。她不知道要拿什么来作比较。她观察到的是,所涉及的医生们,她的肿瘤专家,或者那些她去看过的精神科医生,没有人能够理解这一切是如此庞大沉重。将十年磨碎在六个月当中,这在她身上,在她的私生活里,在她与自己的身体以及别人的身体的关系中,特别是与尼古拉身体的关系中,还有在她与世界,与时间的关系中,产生了重大的影响。

她不知该如何描述这一切,用什么来与之相比。

试试吧,我请求她说。

好吧,所有这些大男子主义的蠢事,那一股股潮热,女人在她们更年期时所谓的性情暴躁,我觉得都是很值得经历的,而我不会经历这些了:疾病剥夺了我走这条路的权利。我本来希望经历这些苦难的,不管它们受到多么大的诋毁和嘲笑,它们会让你渐渐适应自己身体的另外一种状态,你生命中的一个新阶段,更不必说这本身就是一种实验,它让你以不同的方式感受自己的身体。不再有周期的状态让我怀念。我的身体好像是一个没有四季的世界。而季节分明对我来说很重要。我们现在是在一月而我一直在想,我期待春天的归来,我因此提前感到开心,我想到我的花园、花朵、植物、树木,我们的生活不能没有周期,而我的身体在六个月里失去了它的周期,没有任何预告。这是老生常谈了。我不知道男人们是否能够理解这一切,你能理解吗?玛戈在这三个独特夜晚中的一晚对我问道。(她又开始了哭泣。)每次去咨询以前的精神科医生的时候我都会这样哭泣,就是那位当我年轻时和生病时一直都去看的医生,但这没有引起他的注意,玛戈在这三个独特夜晚中的一晚对我说道。然而当我们谈到某件事时,当我们这样哭泣时,那就是出了一个问题,有一道我们无法治愈的伤口。我不能走得更远了。没有人想陪我。精神科医生们不想陪我,对他们而言这并不意味着什么。我已经看过两个不同的医生了,我向他们讲述我的感受而他们却转而去谈别的事情。

那性生活方面呢?

这完全是相互关联的。这是一个结。就是这样。因为。这曾。怎么说呢。有太多的裂口了。不,这个词不正确。是在我的头脑和身体之间有太多分裂的元素了。疾病是你头脑和身体间的一个分裂因素,因为原则上你会将它分析为与你的意愿毫不相关的一件事,否则你就会任由自己被疾病带走了。为了能够与之战斗,你得把它视为一个外来的元素,不是你自己把它创造和孕育出来的,这和你一点关系都没有。因此在你的头脑和身体之间就有了分裂,你的身体以某种方式背叛了你,它背叛了你对生命的爱。(漫长的沉默。)同时,我又从未与我的身体一起待得如此舒适,也许这种反应的方式对于我来说是特别的,也许大多数别的女人并不会这样,她们不会和她们的身体分离就像我那时借口做的那样。我无论作为曾经的那个女孩还是现在的这个女人,都不曾处于一种头脑和身体的简单而完美的结合之中。所以体育运动,对我来说是不可能的。所以我的臆想病,是一直以来都存在的。臆想病是这种间离的完美说明,一边仔细观察着自己的身体一边想象着它会谋害你,这已经有点病态了。在性行为中我也从未特别大胆,这混合在了散布在我全身的与臆想病相去不甚远的各种恐惧当中。性行为,也是让某个陌生的事物或人进入自己,所以这已经是一种传染了,一种可能的传染,这就已经是一种冒险。甚至在我还年轻的时候,就已经是这样了。我与性有一种,理论上的,这样的关系。我应该很难从一个男人到另一个,和随便的什么人睡觉而不去问自己这样的问题。再者说这完全是幻想出来的,并不是对疾病本身的恐惧,例如艾滋病,让我与性,与男人产生了一种这样的关系,玛蒂尔德在这三个独特夜晚中的一晚对尼古拉说道,而是一种模糊而本能的对于外来身体进入我自己身体的恐惧,对于我的身体独立于思想之外的恐惧,如此而已。而我认为由于我的癌症,这恶化了,形成了包囊并变得更为极端。因为我从来没有消化我能够自己生成疾病这样的概念,对我来说我的病不是来自身体里而是来自身体之外,所以我觉得,我的身体曾处于并且一直处在一个荒谬的系统之中,这是毫无疑问荒谬的,我不是要反驳这一点,这是自我保护的系统,它让我的身体自我封闭了起来。我的身体处于自我保护之中,它自我封闭了。现在对于我来说进入这个概念就几乎变得难以克服了,玛蒂尔德在这三个独特夜晚中的一晚向尼古拉说道。

我早就察觉出来了,尼古拉温柔地回答她道。

你的疾病这样的概念是如此难以被接受。因为这样持久地将身体与头脑分离当然是不可能的,唯一的办法就是尝试重新建立这条身体与头脑之间被毁坏的联系,哪怕要切断身体的一部分资源,尤其是要切断它和外界的联系,也就是说性。再没有任何别的东西能进入身体。

……

……

然而,你也继续接受阳光的照耀,把脚浸入水中,吃饭,喝葡萄酒或者香槟啊。

迷醉,对于我来说,是对头脑,而不是身体。进食,是必须的,为了不会死去。至于水,不,事实上,我不再喜欢泡澡。在生病之后,我几乎再没有泡过澡。我不再喜欢这种从外面触及自己的强烈感觉。所有的一切都更容易侵犯到我。我不再想进入到海里。

那么欲望呢?

不再有欲望。不再有对任何事的欲望。我甚至不再有自慰的欲望。这一切完全消失了。

……

……

但当我们还做爱的时候,之前。以前,当我们还做爱的时候,你很喜欢,和我做爱。

你在说什么呢!玛蒂尔德在这三个独特夜晚中的一晚对尼古拉说道。我当然喜欢和你做爱了!不是这个问题啊!我当然很喜欢了。

我知道,我知道。但是因为。我也一样,我很喜欢。我经常会想到这些。请原谅我。

是我的癌症制造了这个情况。我用这样的方式经历了它。我受到了创伤。我不知道是否有一天能够找回以前关于欲望、生理上的爱、享受的能力,玛蒂尔德在这三个独特夜晚中的一晚对尼古拉说道。

那我会等的。我们还有时间。

……

即便如此,如果你的欲望永远不会再重新出现,也没有那么严重,别担心。

听到这些我很舒心。谢谢你,尼古拉。

……

此外,还有,如果我好好想想的话,就是我母亲在她死于癌症之前,曾经和我说过的,这也是我觉得在我身上留下烙印的东西,那就是早在那之前几年,欲望就已经抛弃了她的丈夫,而这对她打击很大。我认为我父亲身上欲望的消失将我母亲卷进了抑郁之中,也正是抑郁导致了她之前的癌症复发,而她毫不反抗地任由自己走向死亡,因为她已经失去了生命中她最珍视的东西,也就是她的丈夫能够对她产生的欲望。她爱着绝对的爱情,我的母亲。我之前经常和你说起这些。也许比起看到他们的爱情日趋消亡她宁愿死去,因为她的丈夫已经不再对她有生理上的欲望。无意识地,将性驱逐出我的生命,也许是一种抵御时间影响的方式。为了不会老去。为了预防那会出现在我们爱的男人身上的不可避免的性欲的消失这一创伤,玛蒂尔德在这三个独特夜晚中的一晚对尼古拉说道。

我理解你想说的。我也会有时想到这些。不再有性会避免爱受到任何纯粹的周期性的风险,避免那些最脆弱最容易消亡的,那就是欲望,生理上的愉悦,做爱,好好做爱,持续好好做爱,感觉到自己不再那样好或者那样经常地做爱,自己有一些不那么想做爱,自己几乎不再做爱但却装作好像一切都很好。爱只会在这种指数级运算中受苦。我不知道情侣们是怎么做的。把性从我们的生活中驱逐出去,就像你已经做的这样,以某种方式纯粹化了我们的爱,制造出了一块不可摧毁的岩石,一座堡垒,我曾经这样想过,我理解你想说的。但是,我还是得向你承认……

但这不是我决定的,玛蒂尔德在这三个独特夜晚中的一晚打断了他。这是强加在我身上的。

……

……

我要告诉你一个秘密。你想听吗?

我听你说。希望不会让我感到惊讶。

不,也许。你也许会感到惊讶。

我们看吧。但是不管你说什么都不会吓到我的,我觉得,玛蒂尔德在这三个独特夜晚中的一晚对尼古拉说道。

现在,当我一定要得到快感,也就是肉体上的享受的时候,我会一边爱抚自己,一边想着你,你的身体。我想象在和你做爱。这是最能让我兴奋的。没有什么能比看到你的身体,还有看到我在和你做爱更让我兴奋的了。

你这样说真是太可爱了。

我对我们曾经的性关系有大量的记忆。那些我曾喜欢的。我就把它们收集起来。我有一个取之不竭的储备,就像一个装满照片的鞋盒一样。当我爱抚自己的时候,我便重新回想它们。我很喜欢这样。我重新看到我们做爱。老年人会这样做吗?你觉得那些老家伙们会在自慰的时候回想他们最近,三十或者四十年前,和他们的妻子或者情人曾发生过的性关系吗?我还记得你穿着什么样的衣服,哪双鞋,你丝袜的颜色,我们在哪里,在我们公寓的哪间房间,还有我们是否在哪一个城市旅行,在哪个酒店,我们之前刚刚做了什么,体位是如何交替的,我们得到的具体快感,我们是以什么方式在什么时候达到高潮的。你记得,在曼托瓦,那个美妙的酒店吗?

玛蒂尔德微笑了。

这不是从最近才开始的,在我们停止做爱之前我就已经是这样了。甚至在我身上发生过这样的事,在我们有规律性生活的一段时间里,在与你在我们的床上会合之前,我会在公寓的一个角落里想着你爱抚自己直到达到高潮,因为我知道出于某种原因,我们这晚不会做爱。有一天我会向你展示我心里我们最美性关系榜单的前十名。

玛蒂尔德笑了。

但是尽管如此,当你想着我自慰的时候,你回想的可能也是我年轻女孩时的身体!玛蒂尔德在这三个独特夜晚中的一晚对尼古拉说道。

不仅仅是这样,我能够想象我们现在做爱,是现在的你,和你当下的身体。

让我不安的是,不再能够在自己身上创造出哪怕是幻觉里的欲望。当我和我的精神科医生谈及此事时,就是我年轻时看的那个医生,他对我说要承担起它。不是因为性在社会中无处不在,所以我就非要感觉有义务去有性行为,或者像忍受一个缺点一样对待我性欲的下降。如果现在您的感觉是这样的,那就不要对此抱有任何复杂的想法,不要觉得自己很可耻,或者衰弱。把它当作是一种个性并承担起它。承担起不再有性行为。如果您能够与您爱的男人保持一种有力的关系,就像这样去前进吧,没有人必须要有性生活,这就是那天他对我说的,我和你说过的,我不知道你是否还记得,玛蒂尔德在这三个独特夜晚中的一晚对尼古拉说道。

我当然记得。我觉得这很好。我很喜欢他和你说的这些。我知道的,也是这样,以前当我们有一种所谓正常的性生活的时候,我们做爱也不是很有规律。这不是说我们没有欲望。不是由于我们有欲望就一定要做爱,反之亦然,我们不做爱也不一定意味着我们不再有欲望了。奇怪的是在欲望和性关系频率之间并没有系统性的关联,我就是这样认为的。在我们身上也发生过数周不做爱的情况,然而那时我是对你有欲望的,而你当然也是对我有欲望的。但只是我们意不在此,我们不想要性。或者没有精力。然后在数周的时间里我们又会像动物一样做爱,并且我们越是做爱,就越是想要。我有一段关于这个疯狂阶段的美好回忆。你还记得我们的日本之行吗?

当然了,好吧。

但我也很喜欢,禁欲的那段时间,或者我们可以说这并不会扰乱我。我知道我们的欲望没有消失,这种禁欲不能归因于我们身体之间的远离,它们仍然渴望。我们可能希望将对于对方的欲望作为亲密的战利品保留给自己,而不是让它被性关系所消耗。感觉到对一个身体,对我们与之分享生活的那个人有欲望是很美的事。我们可以在自己身上感受这欲望,像一个冥想的状态一样,而不是想要解决它,我们眼睛注视着对方,与它共生,让它走出自己的路,看看它会带我们去哪里,它会如何演变。夫妻之间的性也包括性幻想。还有没有实现的,中止的,令它自己都震惊的欲望。想要做爱,却没有做。强烈地感觉到这种内化的欲望。这,就是夫妻生活中不为人知的重大真相之一。我从未因我们性生活的消失而感到羞耻或害怕。因为当性从我们的关系中消失之后,我一直知道它会回来的。这也就是为什么我不担心,我的玛蒂尔德。你想要做爱的渴望会回来的,当你的创伤消失之后。当我们想要的时候,三年,还是三周,都是一样的。我很确定有一天我们会重新做爱的而且那会好像是我们前一周还在做的事一样。

5

  乘飞机夜间降落在米兰，加之还是周日，接着就奔驰在城市空旷的街道上去往玛丽家，这一切对于尼古拉就像是一个想象出来的摆脱了一切束缚的时刻：他有一种逃出现实并进入到一个未经勘探的空间的感觉，就和在米兰斯卡拉大剧院那场著名音乐会前夜的晚餐上，他坐在玛丽左边之后的感觉一样，他觉得自己的脑袋被她那放射性的存在推到了一个他之前并不知道的区域。坐在出租车的深处，看着周日的，幻象似的城市在窗外鱼贯而过，尼古拉觉得他就是应该在这里而不是其他的任何地方，而且在这片神秘的心灵领土上的旅行是他做过的最正确的事之一，然而从某个角度来看，它也可能是非常令人惊恐的。

  玛丽住在布雷拉街的街头，在一个尼古拉十分喜爱的高雅街区，离斯卡拉大剧院不远。布雷拉街很窄，也很简朴。在周日晚上，十分空旷，没有一个行人，街上萦绕着一种很古老的神秘气氛。

  出租车停在一幢漂亮的大楼前，可能是十八世纪的建筑，它的正面很像剧烈而强劲燃烧的火苗。而这也正是出现在尼古拉脑海中的影像，那时出租车刚停在他提供给司机的那个门牌号前面，他通过出租车的玻璃看到,主楼层的巨大窗扇上面是第二层矮很多的窗户,窗户外直接装饰有精致的挑檐作为屋顶的开始,这幢建筑只用三层就达到了它最终的高度,而它旁边的一些大楼要用额外的一层或两层才能达到差不多一样的高度。

他下了车,按了密码,走进大楼深处,到达了雄伟的楼梯间。

在他把手指放在圆形黄铜门铃那象牙小圆按钮上之后,玛丽给他开了门,这时尼古拉看到一张特别苍白、消瘦、五官揪扯、有着青紫色黑眼圈的脸出现了,没有眉毛也没有睫毛,头上戴着用一条长丝巾在脖子后打个结做成的海盗式头巾。尽管生病了,刚刚给他开门的却依然是一个光彩照人的女人,嘴上挂着微笑,眼睛里闪烁着欢乐,她很高兴从公寓打开的缝隙里看到尼古拉激动的脸庞。

晚上好,玛丽,他对她说。

晚上好,尼古拉,她对他说。

两个人都没有动。

玛丽的微笑还在加深。她的眼睛里噼啪闪烁着更加美丽的什么东西。也许尼古拉看向她改变后的脸的眼神让她更放心了。

进来吧,我很高兴见到您,最后她和他说道,同时把门敞开了。

他们行了贴面礼。尼古拉把玛丽抱在怀里,他的箱子就放在脚边。然后她就让他走在自己前面穿过了六边形的玄关,他们就是在那里相互拥抱的,随后他们就进到了一间宽大的正方形客厅里,天花板很高,还有两扇朝向大街的窗户。尼古拉的周围有:长沙发,还有分布在独脚小圆桌和餐边桌之间的,不同风格的围合起来可以进行私密谈话的扶手椅。很多的物件,还有油画。巨大的花束。还有一架三角钢琴,那是一架又大又漂亮的三角钢琴。在其中一面侧墙的整个墙面上,是一个装满书籍的书柜,还带有又高又窄的梯子。

客厅里的装饰是古老与现代的一次大胆却成功的结合,这样的结合在尼古拉身上产生了一种充满灵感的紊乱的印象，在那里会任由一种不可避免的对于美的喜爱自由发挥，但也会让在生活中不能放弃任何事的信念自由流淌，没有什么可选择的余地，得全部都体验，所有的一切都只不过是一个程度的问题，本能、自信和内心的正直都是如此。因为不管怎样，内在秩序可以在这样广阔而复杂的氛围里被揣测出来，尼古拉在这样的氛围里如果不能说是像在自己家里一样的话，也已经感到无比舒适，着迷了，就好像这个正方形客厅告诉了他一些知心话，而这知心话是他尚未能完全理解的，它低语着，预兆着巨大的秘密，而他才刚刚进入到这里并且直到那时他的注意力都还尤为集中在玛丽的脸上。

尼古拉很喜欢正方形，在他看来用正方形来掩护将要发生在他们俩之间的事好像很理想。正方形当然像是一个拳击擂台，那是一场充满爱意的拳击狂怒而猛烈，愤怒而又柔和，激烈，芬芳，但也尤其像是一个棋盘：白子和黑子互相抢占对方的领土，从而入侵、战胜对方：将军。但是尼古拉过来想要告诉玛丽的，却恰恰是他不会抵抗，他那投降的卒子会让所有她想要的，破坏力极大的象、车和马朝他的国王进军，他的国王会同意毫不反抗地让玛丽的王后把自己吃掉。就是因此他才在夜里，在一个周日的晚上，来到米兰，来到她家：为了让玛丽的王后把自己吃掉，或者让他吞掉她的王后，这取决于她想要怎样——这就是尼古拉的眼神正在向玛丽的眼神所吐露的。

……在这一刻他明白了他会沉浸在她的身体里，现在他知道了，他刚刚恰好发现了这显而易见的事实：尼古拉来到米兰是为了沉浸在玛丽的身体里，只要能沉浸在玛丽的身体里尼古拉别无他求，尼古拉马上就要沉浸在玛丽的身体里了，这就是尼古拉本来应该用他的眼睛向玛丽那望向他脸庞的坚定眼神，甚至向她的耳朵所表示的，用这样的话语：我来就是要沉浸在您身体里，玛丽，如果

夫妻的房间

玛丽没有在这一具体时刻询问尼古拉他是否饿了,他是否想要她给他拿一些吃食的话,而这打断了一切决定性的招认,尼古拉回答道他不饿,他在戴高乐机场吃过晚饭了,但是他很想喝一点什么。您想要喝什么呢?玛丽问他。葡萄酒吧,如果可以的话。白葡萄酒,还是红葡萄酒呢?白葡萄酒吧,谢谢。我冰了一瓶很好的威尼托,我马上就回来,玛丽边向应该是厨房的地方远去边和他说道——就是在这个时候尼古拉的眼神落到了一副棋盘上(但也许他早已经注意到了它,虽然没有有意识地记录下它的存在,而这也就是为什么他刚刚会短暂地出现有关象棋的想法),这个棋盘就好像是他所存在的空间的一种突然的回缩,被两把椅子所合围,上面有一盘没下完的棋局,一盘复杂而且也许是陷入困境的、佛罗伦萨式的、极为聪明而势均力敌的棋局,与一个意味深长而持久的眼神一样让人为之震动,以至于尼古拉甚至都很难分析这盘棋,因为双方的站位显得如此错综复杂。但我也会说,站在尼古拉的角度,他不能只沉浸于解开这盘没下完的棋局而不会产生出做了鲁莽之事的令人不快的感觉,就好像他可能会在这盘没下完的棋当中,在这盘没下完的棋局深处,在玛丽不在场时,在她毫无觉察之时,背叛了她,发现一些他本不该觉察到的东西,一些与他无关的东西,就仿佛这副棋盘是一间卧室(这次不是夫妻的房间,而是情人的房间)而在他的眼皮下一场战斗正在打响(我知道,那是一场爱情的战斗,性的战斗,情感的战斗),而这马上反射到尼古拉身上形成了好像胡蜂猛蜇般尖锐的疼痛,我们不太清楚怎么会有一只恶毒的胡蜂出现在了他内心的最深处,也许是循着他看向这些混战一团,如此错综复杂的黑子和白子的视线所形成的路径。胡蜂这飞快猛烈的一蜇,当然是尼古拉刚刚也许闯入到了这没下完的棋局之中的明显迹象,而他在这棋局中并没有自己的位置,在这里他只是一个配角,这与那崇高的神秘使命相去甚远,这使命是由那特别的,还没有名字的,在两年前就出现在米兰这同一座城市里的关于玛丽的情感,在昨夜专横地强加到他身上的,它要他去到她家,突然地,进到她的公寓,去承担一些像从死神手里解救出她,或者陪伴她直到死亡之类的事情,对此他还什么都不清楚,但是这不再重要了,因为在他的眼前就有一个切实而让他感到耻辱的证据,那就是有一个人和玛丽分享着一种亲密,而这种亲密却是他无法要求的,因为缺少时间。在她的生活里有一个男人,她不是独自一人,她有一个恋人,一个情人,我出现在这里太奇怪了,我明天早上就走,尼古拉想,我得找一家宾馆,我要问问玛丽她是否能给我推荐一家离这里不远的好宾馆,我会和她说我之前没有时间找宾馆,尼古拉还在想着,这时玛丽已经重新出现在了正方形的客厅里,手里拿着一个正方形的托盘,上面是一瓶白葡萄酒,一罐巴黎水,两只杯子还有一些摆在碟子里的香草饼干。啊,她对他说,您在看我的棋局啊!是您下的吗?尼古拉问她道。和我自己下的,玛丽回答他道。我独自面对癌症,独自面对死亡,还独自一人面对象棋。您会下吗?她问他道。尼古拉的眼神对玛丽说:我来就是要沉浸在您身体里。尼古拉回答道:现在不下了。我已经很久没有下了。但我年轻的时候是个好棋手。以我对象棋的知识足以明白这局棋很奇特而且胶着。多么错综复杂的形势啊!(尼古拉差一点就要向玛丽承认,当她还在厨房里的时候,仅是想到要见到她的对手,或者要知道是否存在这个对手,就已经开始让他感到非常害怕了,到了他要怀疑自己本能地来到米兰的理由的程度,但还好他忍住了没有告诉她这个可怜的秘密。)这确实是一局好棋,玛丽回答他道。我已经下了六天了。但是我最近很疲惫,有点忽视它了。我明天得重新开始下这盘棋。我们可以下棋,如果您想的话,尼古拉对她说道,而玛丽回答他道,他们四目相对(他来这里就是为了这样,让我们借这一刻来回想一下:尼古拉来到米兰是为了盯着她的眼睛和她说话还有听她说话）：比起下棋我们有更好的事情可以做，我想，尼古拉，之后她微笑着，递给他开瓶器：您来负责吧，我已经没有力气去开瓶了。我几乎，就像您看到的这样，要知道，九十六岁了。我希望您欣赏老太太！我已经变成了她们中间的一员！（不过是可爱的老太太，我向你们保证……）尼古拉不知道该如何回应玛丽这半嘲笑她自己的话语，他带着温柔而无能为力的微笑看着她。我也不再能喝酒了，也不想喝了，我这么一个如此爱葡萄酒的人，现在葡萄酒会让我恶心。就像所有其他酒一样。我只能喝水，喝茶了。还有香槟，一点香槟，我也不知道是为什么。甚至咖啡都会让我反胃。而我是酷爱咖啡的。都是因为这该死的化疗。

过了一会儿，尼古拉和玛丽坐在了红丝绒的长沙发上。尼古拉把他的杯子放在了一个独脚小圆桌上而玛丽则把自己盛着巴黎水的杯子放在了矮桌上。尼古拉对她说他非常喜欢她公寓的氛围，玛丽回答道她很高兴他过来看自己，这是在她所处的生死攸关的情况下发生在她身上最美好的事了，她很开心他喜欢她的公寓因为它是她的映像，它很像她。

是的，非常像，它很独特，它有灵魂。

谢谢，玛丽对他说道。

所有的这些物件。各处都有。它们都很美。

它们每一个都有故事。但如果明天我要搬家的话，我想我会住到一栋摩天大楼的顶层上，非常高的，一间充满光线的公寓里。有一点修道的意味。我的生命太满了，现在我想要摆脱一切不是必需的东西。轻盈是我最大的渴望。

短暂的沉默。他们互相注视着。

我已经能感觉到您的出现给我带来了极大的好处，她对他说道。已经。

我来就是为了这样,玛丽。如果我的出现已经开始起作用的话,那就再好不过了。

您太可爱了。其实,可爱……都不是合适的词。对不起。我。怎么和您说呢。言语难以表达我的感动。

沉默。

他们互相注视着。

我来就是要沉浸在您身体里,玛丽。您会战胜这疾病的,我想要这样。您听见了吗?看着我:我来就是要沉浸在您身体里,我将会是您的力量,您会活下去的。

尼古拉的手指抚摸着她的脸颊。玛丽捉住它们,温柔地仔细端详着。她紧紧地握住它们。她抬头看向他的脸庞。说道:

医生说我只有两个月了。我应该。他们不给我任何一点点希望。最多两个多月,他们这样说。我决定了,完全就像上一次一样,一个字都不相信,我要抗争。我要抗争。我接受您的力量。我很欢迎它。我不会死的。我不会死的,不会,尼古拉。就算我已经感觉到。但我不知道我是否应该。

她停住了。紧握他的手指。

是的,什么?不,告诉我。

尽管我已经感觉到这场战斗会比上一次更艰巨和困难。有点像这局棋,她微笑着对他说。

我会是您的力量。我来就是要沉浸在您身体里。

您沉浸在我身体里。这是要说什么意思呢,尼古拉?这是一件多么美的事,告诉一个女人你来是要沉浸在她身体里。

进入到您身体里,和您合二为一。我们成为一体,您和我。

我们成为一体,您和我?玛丽看着尼古拉重复道。您来就是要和我说这些?

这就是我要来做的。玛丽,我爱您。

玛丽长时间地注视着尼古拉。

她对他说,眼神中闪烁着泪花:

您爱我。我也是,尼古拉。我也是,我爱您。这多么美啊。如果我预料到了它,这如此强烈的美,那我是会死的。

不要乱说话。玛丽。您会活下去的。我把我的力量给您。相信我。您不会死的。拿走我的力量。您会活下去的。

尼古拉吻着她的鬓角,一边的耳朵,脖颈。尼古拉的嘴唇随后又从下颌回到她的脸上,它们一边攀爬着她的脸庞一边偷偷轻轻碰触着她的嘴角,用众多一致,绵长而温柔的,重复的吻赞颂着她的脸颊,就像它们敬仰着它那般。尼古拉透过光秃秃的眼皮亲吻她的眼睛,然后是另一只眼,额头,还有鬓角。然后他取下她的长丝巾。她毫不迟疑地任由他这样做。玛丽任由尼古拉把她的疾病剥光(这是一种描述事情的方式,就我看来它很合理),把自己整个都交给他。尼古拉难道不是对她说今后他的生命(尼古拉的生命)都归属于她了,因为他声称来米兰就是为了沉浸在她身体里?那么这就意味着她的生命(玛丽的生命)也同样归属于他了,于是她就得让尼古拉摘下她的长丝巾,如果他想要这样的话,如果他不害怕的话,如果他不会激动慌乱的话。尼古拉看到了玛丽光秃秃的头。他凝视着它。他用两只手抚摸它并且亲吻它,他充满爱意地亲吻玛丽光秃秃的头,我爱你,玛丽,我的爱,他对她说,而玛丽低着头,被禁锢在尼古拉的手指之间,还有他的众多吻之下,低声回答他说:

尼古拉。尼古拉,我的爱……

然后尼古拉把玛丽如象牙球般形态优美的头摆正以便能够用眼睛直视它。他用眼睛直视它。他对着她微笑。她也对他微笑。尼古拉的眼睛朝下看向了玛丽的微笑,它加重着。他的视线固定在玛丽的微笑上。就好像在一束束阳光的作用下,玛丽的微笑不停地绽放并且变得更美，直到尼古拉低下头，亲吻她那被放大的微笑。

他们长时间地互相亲吻着嘴唇，玛丽，尼古拉。他们在亲吻中相互微笑，简直难以置信。他们互相爱抚乳房、脊背、手臂，还有肩膀。

来，玛丽对他说。

她从长沙发上起身并用手拉着尼古拉把他带向她的卧室，那是在一条暗红色走廊的尽头，走廊的墙上有许多用相框装好的照片，在上面尼古拉悄悄地瞥见了，好多次，玛丽的脸庞，却不敢停留，照片上她年轻而容光焕发、开心、漂亮，我们会觉得还能听到她的笑声和话语。

他们一进到大卧室里就倒在了床上并继续热情地相互亲吻着。

尼古拉用谨慎小心的动作给玛丽脱衣服，就好像他害怕会弄疼她一样。玛丽被感动了，她朝尼古拉微笑着而他仔细地脱下了她的衣服，就像一个小女孩小心翼翼地照顾她病弱的洋娃娃那般。

玛丽现在赤身裸体，乳白色而庞大的身体、宽大的胯骨、雄伟的乳房，比他之前想象的还要丰满。尼古拉不是因为被可料想到的玛丽身体的美所吸引才来米兰的。但我们可以说这古典而洁白的身体让他欣喜若狂，他很喜欢这巨大、白皙、带点蓝色的梨形乳房，啊，是的。涂着黑色指甲油的指甲与她苍白的皮肤形成了鲜明对比并且加重了她的脚，还有手，正在升腾的感官刺激，太美了。尼古拉不是不知道这黑色指甲油是医生开的处方，是为了保护指甲不受化疗的伤害，如果不用黑色指甲油把它们涂上的话，化疗有可能会持久地损害指甲。

尼古拉？我不知道今晚我是否会有力气……

我们不会做爱的，尼古拉回答她。不是今晚。你别担心。我们还有时间。

……

第一天的下午,他们在布雷拉街区作了缓慢而悠长的散步,时不时会停下来好让玛丽喘口气。她现在走路会很痛苦,她身体的肌肉萎缩了并且一天天变得更孱弱。她对尼古拉说,当她走在街上的时候,会有一种自己是一个八十二岁老太太的感觉。

昨天你和我说的是九十六岁,尼古拉对她说。

你让我变得更年轻啦!你的出现在十二个小时里让我年轻了十四岁!真是一个辉煌的成就!

尼古拉告诉玛丽说一系列在德国和一些东欧国家的音乐会会让他离开她十五天左右。但是巡回音乐会一结束他就会赶快回来看她而且未来当他的时间安排允许的时候,他都会住在她家,如果她同意这样的话。

那你的妻子呢?玛丽问他。

我会向她解释的。我想要和你一起生活并且度过尽可能长的一段时间。

你会离开她吗?玛丽问他。

我不再理解这些话是什么意思。离开,留下。在我和巴黎管弦乐团的巡回音乐会结束之后,我会直接从布加勒斯特来米兰,我会在这儿和你一起生活。这就是我能够告诉你的全部。这句话,我明白。我会不会离开我的妻子?我不知道。用这样的一些话语去描述这情况没有任何的意义。没有任何意义。我得定期去巴黎待几天去处理事务、赴约、排练、看望我的孩子。

玛丽对尼古拉说她简直太幸福了。

玛丽对尼古拉说她和他一起度过了过去二十多年来最美的三天。

玛丽对尼古拉说因此必须得有一场不可治愈的癌症爆发(不

是这样的,尼古拉打断她说道:你的癌症不是不可治愈的,你会康复的,玛丽对此报以一枚感激的精致微笑并继续她的话),以便让她终于和一个男人一起体验极度的幸福,疯狂的爱情。

这仍然是一次嘲弄,玛丽对他说。你音乐会的前夜就已经是这样了,我那时便对你一见钟情了,就像你可能察觉到的那样。

啊,是吗?一点也没有啊……尼古拉狡黠地回答她。

但是你在好好的散步当中悄悄溜走了,都没有和我道别就把我塞进了一辆出租车。这伤害了我。不,不是伤害,这个词不够准确。

你想要我们坐在这里吗?尼古拉问她,他感到她正气喘吁吁,走路对于她太痛苦了。

好的,不好意思,谢谢,你说得对,我们坐在这长椅上很舒服。今天天气很温和。明天会下雨,我们要待在家里。

你之前在说什么,玛丽?你感觉什么伤害了你?

我很想,之后,我们去买些蛋糕,晚餐时吃,如果你想要的话。

当然了。

我的医生建议我吃些甜的。我常常因为太恶心了而不能享受甜点,但是今天我想吃,我也不知道为什么,已经很久没发生这种情况了。你让我有了胃口。我突然感觉自己很馋。

你感觉自己很馋。我喜欢你这样说。我感到很高兴,因为你感觉自己很馋,玛丽。

这附近就有一家我很喜欢的甜品店,米兰最好的甜品店之一,马尔凯西,在圣玛利亚阿拉波尔塔街,那里的蛋糕都很好吃。过一会儿,我们就去吧。你可以在那里喝咖啡。那是一个很美的地方,有一点古老,有木雕的护壁,一个巨大的锌皮吧台。你会喜欢那里的。

如果你想去的话,我们当然要去。我会在那喝我的双份浓缩咖啡。

我想要一个覆盆子果酱馅饼!马尔凯西那里的这种馅饼做得好吃极了。

你缓过劲来了,很明显。你比周日晚上已经好多了。为了你能够康复需要我来多少次我就会回来多少次。

那然后呢?当我康复了呢?

我会回来享受你的康复。我会来享受我康复了的玛丽。……我也想要一个覆盆子果酱馅饼,我很喜欢吃。

我说什么来着?它让我中断了所有这些情感的描述,玛丽对尼古拉说。

他们相视而笑。他们相互亲吻。

我想是,伤痕累累。

是的,就是这个!不,确切地说,不是伤痕累累,这个词不准确。也不是受伤。不是关于这个方面的。受苦。我曾因此受苦,你在好好的散步中消失了,这让我很伤心,郁郁寡欢。这持续了数周。我想你就是这样一个男人,和你在一起我就突然感到那样的孤独。就是因此我才没有对你送给我的花束做出任何反应。就是因此,在第二天,我放弃了给你写信息,来告诉你我被你的交响乐的美,还有它宏伟的演奏震惊到了什么程度。我因它而哭了,你知道吗?我在斯卡拉大剧院的座位上哭得不能自已。不仅在音乐会期间,而且之后,灯亮起来的时候也是如此。我坐着待了很久,石化在了座位上,红着眼睛。我是和朋友们一起去斯卡拉大剧院的,音乐会之后本来我们还要去吃晚餐,已经以我的名字订了一张桌子,但是我和他们说我得回家了,我身体不舒服。我放了他们鸽子好逃回家并一直哭到早上,你的交响乐如此地感动我,感染我,剥去了我的外壳。简直就好像你的音乐和我本人聊了近几年我所经历的事一样。说到了我的病。我那被宣告的和确定的死亡。我对死亡的恐惧。我的抗争。我奇迹般的康复。就好像由你指挥,用你自己的手指挥的音乐,它和我的身体,我的五脏六腑,我的器官在对话。我从未以这种方式感受过自己身体的内部,就好像那些我们能在医学课本上看到的解剖图一样,在我的意识中每一个器官都由一种具体的感觉所代表,快乐,热,温柔,眩晕。我那时也非常湿润。因为现在我们已经如此亲密了我才可以和你说这一点。虽然比起你的交响乐,这和创作它的人,在我眼前指挥它的人更有关,因为那时我已经坠入爱河了。你指挥的不是乐手们,而是我身体的交响乐管弦乐团。你用那乐队指挥的指挥棒,指挥着我的情绪和我的欲望,我的身体,我的情感,我的整个人,全部。我不知道怎么向你解释这一切。我因此幸福地流下了泪。我感觉自己以一种你无法想象的力量存在着。

我刚刚复制了我在一本记事本上做的笔记,那时我还认为我会写《唯一的花》,《唯一的花》将是我的下一本书,然而结果却是《维多利亚系统》。

玛丽和尼古拉彼此挨着坐在离斯卡拉大剧院不远的布雷拉街区的长椅上所进行的这段对话,两个情人准备要去买晚餐时吃的蛋糕而度过的这一既平常又珍贵的时刻,尽管无法逃避的死亡很快就要把他们分开(而此时,他们二人都清楚这一点),这些都是二〇〇八年的夏天在讷穆尔的露天餐馆写出来的,时至今日我还能很清楚地回忆起来,我甚至能给你们描绘出那张我坐下来在那度过下午并思考小说的桌子。几页之后,在这同一本克莱方丹绿色线圈记事本里,在众多不同约稿(尤其是为《世界时装之苑》杂志写的一篇关于梅森·马丁·马吉拉的报道)的笔记中间,是第二段对话的详细校订,在同年的秋天,同样还是在讷穆尔的这家露天餐馆,一位来自梅斯的女士和我倾诉了她那灾难性的夫妻生活的证言,而她,还有别的一些人,为我四年之后写的小说,《爱与森林》，之中的主要人物贡献了灵感。如果我翻阅这本笔记，就像我此时正在做的那样，那么我几乎在每一页都会发现一些鼓励的话，要对自己有信心，要毫不畏惧地写作，不要害怕未来，要让自己沉浸在写作和当下的乐趣之中，而不是因为我与玛戈之前所经历的一切，因为一种美和改变的力量，而在彼时我以为无法跨越的伤感和忧伤中感到麻木。在这本笔记的第一页，匆忙潦草地在她的口述后记录着，一位《快报风格》杂志女记者的电话号码，那还是我们第一次见面的时候，她在《灰姑娘》出版后对我进行了采访，她那敏捷青春的脸庞搭配剪得很短的棕色头发让我感到十分喜欢，她因为心脏病突发而去世了，在一个晚上，在她的睡梦之中，她住得离我家不远，当我经过她曾住过的大楼前面时我会想到她。今天打开这本旧笔记，这一篇过去，翻到她的电话让我感到很激动。

那时，当我在思考《唯一的花》的时候，我还没有决定玛丽是否有孩子，也没有决定她的职业。但在我的头脑中她更像是母亲，她也许有一个十二岁左右的女儿，是她与一位米兰工业家所生，而她与之离婚了，这就能解释布雷拉街区的漂亮公寓所需的资金来源了。小姑娘通常在她的爸爸家和妈妈家轮换生活，不过自从玛丽的癌症复发以来她几乎每天都来看望玛丽但却一直在她爸爸家过夜，这更合适。尼古拉和她很快见了面并且我想让他们彼此相处得很好，而且尼古拉对她生病而且将不久于人世的妈妈的体贴会让玛丽的女儿感到震惊，尤其是这两个人，她妈妈还有这个从天而降的迷人男人，有名的，大作曲家，还互相知之甚少，而这也让她吃惊。真实的玛丽是一个强势的女人：这里的这个玛丽从某种程度上来说也是这样，至少在文化方面是强势的。她是法国女人，有哲学教师资格，是新闻工作者和国际新闻记者，一份法国日报在米兰的特派记者，数本有关当代社会书籍的作者。所有的这一切都还很模糊，我还什么都没有决定，但我就是这样隐约看见了，来自米兰的我的玛丽。

回到巴黎时,尼古拉和玛蒂尔德说他有几件最为重要的事情要告诉她。他给她打预防针说这对她将会是一次大地震,她不会料想到,他自己也没有料想到,他将要告诉她的这件事会转眼之间突然出现在他的生活里,不给他任何选择,但尽管如此他还是请求她试着予以理解。

你要告诉我什么?玛蒂尔德问他道,她有些不知所措。你突然让我很担心。这庄重的语气,这演说般的谨慎是怎么回事?

我要离开家一些时日,尼古拉对她说道。

你要离开家一些时日是什么意思?

未来的一段时间里我不会再来这里。

什么。等等。我不明白。你不会是正在和我说吧?

未来的一段时间我不会再在这生活,是的。但是我不会离开你的,如果你说的是这个的话。我不会以这种方式说这些事的。

你不会说这些事的?我什么都不明白。你在说什么,尼古拉?你究竟在对我宣布什么?

我要走。一段时间。我会回来的。我不会离开你。这就是全部。

这就是全部?这就是全部?!

……

你不再爱我了吗?你要走因为你想①。

你很明白我爱你。玛蒂尔德。总之。我从未如此爱你。你很清楚这一点。我们从未如此融洽。我们从未如此亲近而又默契。问题不在于此。

问题不在于此,玛蒂尔德回答他道。但那问题是什么。我什

---

① 此处话没有说完。

么都不明白。如果你从未如此爱我。

我需要远离。在离这儿很远的地方我有一些事情要做，这事和你没有一点关系。当事情结束之后我会回来的。这就是全部。

这就是全部。就这样：这就是全部。你觉得这就够了？

……

你会回来是什么意思？当事情结束！这是怎么一回事？你要出去？你要走？怎么回事？没有任何解释！当事情结束！但你在说什么呀？！当什么结束的时候？！

我不能说得更清楚了。我爱你。我们是不可分离的。我会和你共度此生的。这是我内心最深处所渴望的。但是我需要两个月。我有一些与你，与我们的爱，与我们的家无关的事情要做，为期两个月，远离这里。

你遇到了什么人吗？

……

你遇到了什么人，是不是？你告诉我。

我遇到了一个人。

好了。好的。现在清楚了。

我不相信以这样的方式能够更清楚地解释事情，不，你错了。

我认识她吗？

……

她是谁？

我以前和你说过她。两年前。那个在米兰，我音乐会的前夜，让我流泪的女人，我不知道你是否还记得。

我当然记得。然后呢？

她再次病倒了。

就是因为这个你才在周日晚上去了米兰吗？

是的。

然后呢?

她要死了。

然后呢?

她只剩下两个月了。最多两个月。也许三个月。她的医生就是这么说的。我得帮助这个女人。

帮她什么?

我完全不知道。

?!……

帮她康复。帮她死去。我不知道。和她在一起。我爱她。

?!……

……

你爱她?

我爱你,我爱她,我会在她生命中剩下的两个月里爱她。然后我会回来。

尼古拉。你在对我说什么?

我会回来的。

这个让人惊愕的故事是什么意思啊?

我会回来的。

……

……

等等。你是在和我说你要为了一个快要死去的女人而离开我,你爱她,你会在她剩下的时日里爱她,也就是说在这两个月里,最多两个月,在爱了这个女人两个月之后,最多两个月,在陪伴她直到死亡之后,你会继续回来爱我,就好像什么事都没有发生过?你就是在和我说这个吗?你认为我会接受它,认为你可以离开两个月去爱另外一个女人,尽管她将不久于人世,在她下葬后再回家,就好像什么事都没有发生过?而我会回答你好的,去吧,没问题？真是个笑话！答案是不，尼古拉。

好吧，那就算了。我只能这样做。我请你理解我。我必须帮助这个女人，我必须和她在一起，就是这样，不要让我向你解释。如果你不能接受它，那这就是一个灾难。我的灾难，我们的灾难。但是我不能逃避此事，这是不可想象的。玛蒂尔德，我请求你相信一件事，那就是我疯狂地爱着你。

那如果这个女人活下去了呢？你要做什么？

我完全不知道。

你完全不知道？！玛蒂尔德一边爆发出神经质的洪亮笑声，一边说道。你完全不知道？！

我们是不是永远都无法知道在我们的生命里将要做什么？你意识到你说的这个问题。

……

这就好像是我在问你会在二〇二四年三月二十二日的下午做什么？十五年之后，你确定自己会活着吗？八年之后，你会在哪里？脑袋里会在想什么？我们不知道。我们不知道我们是否会爱很久。我们是否会有灵感。是否会有一场地震。我们是否会发生意外。

如果你觉得靠这些话就能全身而退。

甚至我们，玛蒂尔德。我们能够确定二十年后我们俩还是会以同样的方式相爱吗？我们衷心地期望会是这样但是对此我们一无所知。我们清楚对此我们什么都不知道但是我们想去相信，这就是我们的爱的力量。还有它的美。我们以前经常说起它。我们每天早上都重新开始相爱。每天早上我都在一个陌生人的旁边醒来，而每天早上我都再次与之坠入爱河。每一天早上。十八年了。

这曾是。这曾是我们的爱的力量，你是想说这个吧。但都结束了，尼古拉。对于我来说，如果你去米兰和这个女人一起生活的话，我不知道我们的爱是否还能够复原。尽管她行将就木，但这不会改变我对于你提议让我接受庸俗的通奸这一情况的任何想法。她正在走向死亡这个事实不会缓和任何状况，这与你看起来相信的完全相反。

……

但是尼古拉，你听到你让我说出的话了吗？她正在走向死亡这个事实不会缓和任何状况。谁能够想象出一个人有一天会说出这样一句话，一句如此令人反感的话？

我爱你，玛蒂尔德。

你爱我！你爱我！但你要走，去和另一个女人会合！你刚刚还和我说你爱她！你爱她？

……

你爱她，是不是？

我爱这个女人。是的。自从米兰斯卡拉大剧院的经理告诉我她就要死去的时候。

从米兰斯卡拉大剧院的经理那里获知她就要死去，这让你爱上了她。你也一样，你生病了，尼古拉。不过是脑袋里的病。你需要去治疗一下了。

爱一直都是一种精神疾病，你不会是现在才发现这个真相吧，玛蒂尔德，告诉我，是不是？！是不是？！

请你不要把我当成一个蠢货。

爱从来就只是一种该死的疯狂，它会入侵你，是一种力量，它会占领你的头脑，摧毁并奴役你的意志，别无其他，在你这个年纪我不用还要教你这个吧。

今晚，我不需要你的教训。谢谢。

这不是什么教训。我不是在教训你，玛蒂尔德。

不需要你的那些陈词滥调，尤其是，不需要你那该死的陈词滥调。

我想象到你很难接受把我和这个女人联系起来的是她快要死去这个事实,并且获知她病入膏肓让我郁郁寡欢,还有这种特殊的情感,我的郁郁寡欢如果你想这样叫它的话,得称之为爱,由于没有一个更为合适的词来定义它。侵袭我的这个东西没有名字。占领我并强迫我离开你的这个东西没有名字。强迫我离开家一段时间的这个东西没有名字。当我说我爱你玛丽,当我说我爱你玛蒂尔德,它们这两个动词的实际意义之间根本没有任何关系,尽管它们表面上是一致的。

……

我只能这样做。如果你拒绝的话,我就会变成最不幸的人,但对于我所做的决定我绝不会动摇。我没有选择的余地。我很抱歉。

(玛蒂尔德开始哭泣而尼古拉把她抱在怀里,然后玛蒂尔德推开了他。)

所以,现在,我应该明白的是,让我们总结一下,你要走,你要去和另外一个女人会合,来和她一起构造完美的爱,然后当她死去的时候你再回来,你正在和我说的就是这些是吗?而且你认为我会接受这些?

我不知道,玛蒂尔德。我太累了。和她一起构造完美的爱。如果告诉你自己你的丈夫遇到了另外一个女人,为了和她一起构造完美的爱,他要走,去到这个女人家生活,去他的情人家生活,这让你更易于简化这个情况的话,那就去这样做吧,告诉你自己这些,说服你自己我背叛了你,我爱上了另一个女人,我不知道要对你说什么了。但根本不是这样。在她所处的情况下,我难以接受不把我的爱,我所有的爱都给予这个女人。这是不可想象的。如果我放弃她我会因此死掉的。我要爱她直到她死去,或者直到她康复。

（玛蒂尔德哭了。她很愤怒。她坐着。她把一个物件扔到了房间的另一头。它撞碎在了墙上。）

你病得不轻。这是。

我们跟孩子们说我去国外巡演了，一次很长时间的巡演。我会不时来看他们一回。我会给他们打电话。与此同时，今晚，如果你更想让我睡在别的地方，在酒店的话。

我更想你睡在别的地方，在酒店，随便你想要的什么地方。是的，谢谢。我需要思考。

好的。

我不觉得我能接受你给我的提议，尼古拉。我不觉得。

两个月。你还是能够等两个月的，不是吗？两个月也不是很长！你还是能够接受我离开家两个月的！

这不是时间长度的问题，可怜的笨蛋！你正在和我说的话太愚蠢了！直到这句话，这很让人痛心，这是疯狂的暴力，但至少这站得住脚，这看上去像是更伟大，值得敬仰的东西，太过分了！太过分了！刚才，你刚刚说的，你还是能够等两个月的，很抱歉，太愚蠢了！太难以接受了！问题不在于这要持续一个月，三天，一年，两周！而是你要走，去和这个女人生活这个本质。而且这也许会是最亲密、深刻的经历。一点都不无足轻重。我不知道。这是两个人之间可能发生的最崇高的事情。而你却想让我接受它！

她要死了，玛蒂尔德。当我回来的时候，她就已经死了。你不会嫉妒一个，两个月后，当我回到家的时候，就已经死去的女人吧？！是不是？！

等等，等等，等等。

《唯一的花》将会专注于这样一种，不为人知，前所未有的题材，就好像这本书是一只摇摇晃晃的小舢板，正在用一句句话远离这由已被归类的、规范的、清晰可辨的状况所组成的海岸,要将船上的人,也就是读者,带进到消失于一片茫茫大雾里的海域之中,甚至为了不再仅是一个纯粹的抽象概念而用大雾将这舢板废除在了海水的物理原理当中——于是读者成了一个孤独的、失去理智的单位。尼古拉将玛蒂尔德所置于的这种境地是切实、生硬而痛苦的。而她也同样完全是难以理解的。然而,我原本梦想《唯一的花》能够达到的,是推翻读者对于一个令人惊讶的决定的判断,推翻至绝对否认,还有相反地推翻读者对于一个可被理解和接受的行为的判断,尽管他并不认可它或者他自己不会在相同情况下同样行事,以使得读者,就像被逆转过来一样,最终会很确定地接受这件事的必要性,尼古拉认为自己处于这样的境地之中,而这也令他做出所做的决定。他决定采取的这个鲁莽的、不容置辩的行为,为此不惜牺牲他与玛蒂尔德的夫妻生活和他对她的爱,我想要读者能够将它理解为确实不可避免,并且还具有令人惊愕的美,这会为读者打开一个意想不到的空间,他会突然发现自己想要跟在尼古拉的身后进入那里,而让玛蒂尔德沉浸于她的痛苦和她那遭到侮辱的理智当中。

我能够做到吗?那时我处于一种精神上被遗弃的状态,我没有去冒这个险。

尼古拉打包了十五天所需的行李,并在这天晚上就去附近的一家靠近北站的宾馆睡觉了。玛蒂尔德在他们的房间里哭泣并且拒绝再对他说任何一个字,或者再听尼古拉解释。

慕尼黑和东欧各国的巡回音乐会进行得很顺利。无论尼古拉在哪里指挥,他那神奇的交响乐都会让观众陷入一种令人惊叹的虚脱的状态,这种状态在最后一个小节的演奏之后持续的时间越来越长,之后他们才会带着喧闹,大声欢呼,起立。(在最后一个音符之后,迷失的观众好像很难找到回去现实,回到他们的理智,回到当下,回到他们眼前一切的出口,在这种情况下转向大厅的尼古拉等待着从陶醉中苏醒的观众最终反映出他们的感激之情。)观众们感染的魔法越来越厉害因为尼古拉每一天都更加深陷于一种思想状态之中,早在三年前他就曾被玛蒂尔德那快速发展的癌症推进到那种思想状态当中,那时他正在创作他的代表作,而现在则是因为玛丽的状态每天甚至每个小时都在恶化,这是他每次给她打电话时都会沉痛地意识到的。

玛蒂尔德通过一则冰冷的语音信息告诉尼古拉,她不想在他离去的时候和他沟通。如果他想要和孩子们说话,他得在他知道她在办公室的时候拨打家里的座机电话。

相反地,玛丽和尼古拉持续地互相通话并发短信。玛丽的声音越来越虚弱,低沉,难以听见。说几句话就让她气喘,话越来越少但她依然气喘吁吁。

事实上,在与巴黎管弦乐团的巡回音乐会结束之后,当他回到米兰的时候,尼古拉心痛地看到玛丽衰弱了许多。衰弱的速度快得惊人。他只离开了十五天,但是十五天却已是医生留给她的所余生命的四分之一,这非常多并且这迈向死亡的一大步给她的外表带来的影响是必然的。

尽管如此,在玛丽的要求之下,他们依然激情地做爱。

尼古拉从未像从德国和东欧各国的巡回音乐会回来之后那样珍爱和想要玛丽。

和她做爱并且在她身上达到高潮,就是对她表达这点最完全的方式,于是尼古拉每天都和她做爱并且每次从中得到的高潮都更加强烈。

玛丽现在变得太衰弱了以至于不能达到高潮,她再也没有精力去在她心理和身体的能力都达不到的高峰上去寻找高潮。但是她认为每天晚上都感受到他进入自己是她从存在之中还能够期盼得到的最愉快的事情了,她存在于这种衰弱的状态中,疾病每一天都冲破她的一道防线,每一天都剥夺她额外的一种资源,额外的一些喘息,额外的一个她再不能毫不费力完成的动作。

另外一件还继续让她感到高兴的事情,就是尼古拉晚餐时为他们开的绝好的香槟,搭配着薄牛肉片拌帕尔马干酪和芝麻菜,玛丽最喜欢的菜也是她唯一还想吃的菜,还有生蚝、水果和生的蔬菜。

我很快就要死了,尼古拉,我能感觉到它,我知道这一点,一天晚上当他们互相搂抱着蜷缩在客厅里宽大的红色长沙发深处时她对他说道,在他到达的那天晚上,尼古拉就是在那同样一张沙发上充满着崇敬褪下了她的丝巾并亲吻了这颗如雕塑般形态优美的、漂亮的,玛丽的头。你的出现对于我来说十分珍贵。这就是我希冀康复,打败癌症所必需的。你出现在这里,在米兰,充满爱意地,和我一起,抗争。但是这个癌症,这个癌症。比所有的一切都强大。我知道这一点。你和我一样能看到它。你也一样,你明白这一点。

玛丽,你会康复的。别气馁。

我要死了。

我在这里。用我的力量。你会康复的。

不,尼古拉。我要死了。很快。

玛丽,听我说。

别说了,她打断他道。接受这个现实吧。这也很美。死去时你就在我身边,在米兰,以这种方式被爱,被你爱着,用热爱去体验我人生最后的几周,这很美妙。去体验这种情况正如现实强迫我们去做的那样。情况就是这样,我要死了,我们相爱,我们经历的一切都很美,你让我经历的一切很完美,要意识到这些。让我们别再骗自己了,尼古拉。

……

你让我很幸福。

……

你想让我告诉你吗?

是的,我听你说。

我从来都没有如此幸福过。就是这样。就是如此简单。没有一个男人像你爱我这样爱过我。以一种这样美的方式。这样无条件的方式。我还比之前更难看了。

你一点都不难看。玛丽,一点都不难看。我觉得你很美,你美极了。

你什么都说。最终我该明白这点的。也好,我很幸福。如果这要归功于我的病的话,我们可以说它也不仅只是令人悲伤的,我会跟它说它对我很珍贵,这可恨的疾病。最后,有这样一个能让我们认识到这点的情况会不会更好,认识到我们两个此刻正在经历的东西,即便我要在三个星期之后死去,而不是。我不知道。我们经历的一切让我接受了我的死亡。而且爱我们一步步走过的这条路,不去管它意味着什么。并泰然地迎接它的出口。

……

我不想要浪费我们所经历的一切,任由自己被反抗快要到来的死亡所控制。或者是被在不久之后就放弃你的悲伤所掌控。我的爱,尼古拉。我的眼里只有你,每一分钟。我想的都是这个。除了和你在一起的每一分钟里的美我看不到别的,每一分钟。快乐就是,在这里,在米兰,和你在一起,我们两个,在这间公寓里,相互,爱着对方。这就是所谓的活着,不是吗?

……

你知道什么会让我感到高兴吗?

不,告诉我吧。但是我已经和你说好的:答案是好的。

你总是令我发笑,尼古拉。你太神奇了。

我和你说好的。是什么？

那是……

答案是好的！尼古拉笑着打断她道。

别这样，尼古拉！玛丽拉起他的手和他说道。

……

答案是好的！我说好的！

别这样，现在让我说话。小捣蛋鬼。

我听你说：对不起。对不起，玛丽。

我没有什么力气讲话了。让我告诉你。

对不起，我听你说，说吧，告诉我。

我原谅你。

……

那就是为我创作。

……

让我感到高兴的，尼古拉，就是你为我创作一首安魂曲。

一首安魂曲。

一首安魂曲。为了我，在我剩下的时间里。你在这里创作它，在米兰，在我们的公寓里。因为很快我们就再也出不了门了，我们的散步对于我来说将会是不可能的了。

这是一个绝妙的想法。我会为你写一首安魂曲。说定了。每天晚上，晚餐前，我会在钢琴上为你演奏我白天创作出来的片段。

哦，好的，那会非常美。多好的主意啊！尼古拉，我们要是这样做的话，就太美了！

我们会这样做的。我们会这样做的，我的玛丽。我会为你写一首安魂曲。

（玛丽微笑着。尼古拉把她抱在怀里。亲吻她的嘴唇。）

我很喜欢它，你的想法。每天晚上，我都会躺在这里，在我的红色长沙发上,盖着一块大毛毯,你会坐在钢琴前演奏你白天为我创作出来的片段。

如果这能让你幸福,我会这样做的。

幸福?这比幸福要更多!比幸福要更多,尼古拉!

那我就这样做。我会试着让你听到人们能创作出来的最美妙的音乐。

那将会是你的代表作。

如果这就是你的愿望,那么这将会是我写出的最美妙的音乐作品。我向你许诺。我会为你创作出它。我明天就去取消未来三个月里的所有音乐会。

你看得太乐观了,我的心肝。我坚持不了三个月的。但是我很感谢你一点都没有相信这件事。

我一点都不相信。一点也不,一点也不,一点也不。你会活下去的。我的音乐会治愈你的。康复会突然到来的,你会看到的。而我为你写的安魂曲,会在二十或者三十年后为了纪念你,在你葬礼的那一天演奏,那时你会作为一个脾气暴躁可憎的米兰老太太在她九十六岁时美丽地死去。

玛丽在三个月之后去世了。她的医生没有想到她能坚持这么长时间。这简直是一个奇迹。临终和临终的痛苦不停地被玛丽的身体延期,一直到尼古拉完成她的安魂曲。直至去世前十五天,她才最终被收治于米兰的哥伦布诊所,接受临终关怀治疗。在尼古拉回来之后她待在家里的时日里,他也一直坚持要她得到医治,一个医疗小组每天都会来看望她而且到了最后的那段日子一个护士就住在她家的一间客房里,以便当痛苦太强烈时为她缓解病痛,照顾她,为她做午餐(当尼古拉工作的时候)。尼古拉,就像他许诺的那样,每天晚上都在钢琴上为她弹奏自己白天创作的片段。他每次都从头为她演奏安魂曲,经常演奏好几遍,而不仅是他刚刚创作的几小节。她很喜欢她的安魂曲。她也告诉了他。我很喜欢我的安魂曲,尼古拉。这是我的安魂曲,这是我听过最美的安魂曲,你让我如此幸福,我温柔的爱人。有没有一个女人曾像我这样幸福,在她快要死去的时候,每天晚上都听着一位音乐天才在白天想着她时,为她写的乐曲?这是我最喜欢的音乐作品。在我这一生中听过的所有音乐里,这首你写给我,写给你的玛丽的安魂曲,是我最喜欢的,玛丽对尼古拉说道。每一次尼古拉为她演奏她那壮丽的安魂曲的时候,眼泪都会涌进她的眼眶,因为感动,因为感激。他向她,这位敏锐的乐迷,解释他想要做的,并且像拆卸一只钟表一样为她展示他的作品的机制和巧妙的机关,还有他预想的管弦配器,当然只是一个雏形。他模仿着管弦乐团里的每一件乐器来为她描述他的乐谱,就像布鲁诺·曼托凡尼在我们为《悉达多》进行创作的时候为我做的那样。玛丽告诉尼古拉,这是他写过的最美妙、最深沉和最令人心碎的乐曲。尼古拉知道她说得对,他自己也能感受到这一点,而且未来也向他们证明了这一点:在玛丽死后一周年的那一天(米兰斯卡拉大剧院经理恳求尼古拉,为纪念他的朋友玛丽办了一场音乐会),由他在米兰斯卡拉大剧院指挥的,它的第一次演奏大获成功之后,尼古拉的安魂曲在几年后就变成了当代音乐的经典,在众多国家都获得了奖项和荣誉,成为与福莱①的安魂曲和德沃夏克②的安魂曲齐名的经典。

玛丽应该很幸福,一直到她的最后一次喘息。平静而安详。最后,在米兰哥伦布诊所,在临终关怀照料之下,吗啡让她晕头转向,她已经对自己的状态,以及将要来临的死亡,不再有什么意识,

---

① 加布里埃尔·福莱(1845—1924),法国作曲家、钢琴家,上承圣桑,下启拉威尔与德彪西,是法国近代音乐史中的重要音乐家。
② 安东·德沃夏克(1841—1904),捷克民族乐派作曲家。

但是尼古拉的出现会给她带来光亮,照亮她的脸庞和眼睛,这很明显,护士对他们这样说。即便在他完成作曲之后,他也会带着一个博士的小音箱过来放在床上并让她听她的安魂曲。玛丽会请求他,或者靠眼神或用她的手指握紧他的手指来让他明白她想听她的安魂曲了:让我听我的安魂曲吧,尼古拉……再听一遍……再听一遍……再听一遍……我想要再听一遍我的安魂曲,尼古拉,我的爱人,它是那么美……告诉我好的……当他不给她放她的安魂曲的时候,他便给她听,每天晚上,他在自己失眠时,想着她,在三角钢琴上弹奏的,他们两人都很喜欢的,舒曼、门德尔松、李斯特、亚娜切克,还有德彪西的奏鸣曲。或者是一些他创作的用来减轻她痛苦的,短小的,萨蒂①式的精彩生动的钢琴曲,其中就有钢琴幻想曲《十一月夜里蕾娜的一个吻》,它变得非常出色,能够让她展露微笑,而她躺在米兰哥伦布诊所的病床上,进行着临终关怀治疗,博士的小音箱就放在床单上,他们的手指交缠着,眼睛注视着眼睛。这太美妙了,尼古拉。听到你这样,在我的钢琴上,在我家演奏,这些乐曲,真是太美妙了。这些乐曲我们。我们如此喜欢。还将它们带到这里,她低语着。就好像。这些美妙的。(沉默。她闭上了眼睛。)是的,就好像?尼古拉问她道。(她吞咽了一下。微笑了。重新睁开眼睛。)就好像我还在我家,在家里,和你在一起。我听出了这个声音来自我的。我的三角钢琴。谢谢,尼古拉,她虚弱地,缓慢地对他说,声音低沉,嘶哑,几乎没有喘息。谢谢你带到这里。到这里,你的音乐。到这里,你的音乐。还有我的。还有我的三角钢琴。我的三角钢琴那么美的声音。到这里,到这间病房里。我听出来了。这个声音来自我的。这里。到这里。来自我的三角钢琴。你的音乐那么美。它是那么美妙。来自我的三角

---

① 埃里克·萨蒂(1866—1925),法国作曲家,法国二十世纪前卫音乐的先声。

钢琴。因为你,到这里,来自我的钢琴,死亡,几乎是美妙的,尼古拉。我向你保证,她以几乎听不见的声音,结束道,并尝试着微笑。是我的钢琴,你的音乐,它太美了。她向他微笑着。我的三角钢琴。尼古拉用两只手指放在她的嘴唇上,温柔地让她不再发出声音,以此来反驳死亡这个词。

最让玛丽感动的,除了她的安魂曲之外,就是尼古拉伴着钢琴为她唱的那些旋律,那是在他失眠时给那些为她悉心挑选的诗所创作的曲。他在她的正方形客厅里,哭着,在她的三角钢琴上,为她创作的最后一首曲,那首第二天,能够让她在米兰哥伦布诊所的病房里,在她去世的那一天听到的曲子,是为埃米尔·维尔哈伦①的一首诗所作的曲,他是一位象征派诗人,为马拉美、梅特林克、茨威格所欣赏,尼古拉也很欣赏他。尼古拉唱着这首诗而玛丽听到了这首由放在床单上,在他们那交缠的手旁边的博士小音箱所播放的作品,她极为虚弱,几乎已经断气,没有再说话。他们互相微笑。她不时地闭上眼睛,好像长时间地睡着了,她几乎死去了。但玛丽的手指一直为尼古拉反射着他的音乐传播到她的精神和身体里的感觉,尼古拉总是在他作品最美的时刻,或者最感人的时候感觉到这合理,十分恰当,准确,准时的情感抒发的动作,玛丽这个乐迷会用她虚弱手指的短暂摇晃将这种感觉推进到她最喜欢的作曲家的意识中,这个她崇拜的男人,她的一生所爱,在她去世的那一天,她听了好几遍,他的最后一首作品:

> 如此美妙的话语,在一个夜晚,您曾和我说过
> 也许那些,向我们倾斜的花朵,
> 突然爱上了我们并且其中一朵,

---

① 埃米尔·维尔哈伦(1855—1916),比利时法语诗人,象征主义诗歌的代表之一。

为了触碰我们二人,在我们的膝上零落。

您曾和我说起将来那时我们的年纪,
就像过熟的水果,任由采撷;
命运的丧钟将如何敲响,
我们又如何一边相爱,一边感到老去。

您的声音环绕着我像珍贵的拥抱,
而您的心如此安静美丽地燃烧
这时,我应能无所畏惧地看到
那些通向坟墓的曲径展现若昭。

6

尼古拉在玛丽葬礼的第二天回到了巴黎，甚或是在她去世之后的第二天。能够确定的是他不想在米兰多耽搁，也不想人们把他作为逝者最后的情人和伴侣牵扯进无论什么角色或责任中去，他认为自己就像出现时那样抽身更明智，以如梦般的方式，他应该会让她的女儿因为自己从她生活中突然的离开而产生额外的忧伤。

一回到巴黎，尼古拉就在宾馆开了一间房，就是在他去米兰生活的前夜被玛蒂尔德的愤怒逼得走投无路时躲进的那家宾馆。他在那里待了四个晚上，没有打电话也没有告知任何人他回到了巴黎，以便能像他该做的那样去经历哀悼和悲伤。

在他知道孩子们的妈妈不在家时，他继续给他们打电话，让他们相信他依然还在国外巡演当中，他会编造一些极具异域风情的新落脚点，那些浪漫的地名让他们想入非非。

在他回到巴黎五天之后，那时他还没有见过任何人，他白天幽居在自己的房间里读哲学书，天黑了以后就下来，到宾馆楼下的两家餐馆中的一家去吃晚餐，他决定给玛蒂尔德打电话，而他们的通话，就像他所预计的那样，展示出最大程度的简洁。尼古拉满足于在他们交谈的一开始就告诉玛蒂尔德，玛丽已经去世了，而玛蒂尔德回答道她很抱歉，然后问他还好吗。尼古拉回避了她的问题，回复玛蒂尔德道他很想她。玛蒂尔德保持着缄默，尼古拉继续说道：我要回家。但他是用一种颤抖的语气说出这句话的，带着一种几乎是疑问、担忧的转调，给了玛蒂尔德拒绝他的可能，不是现在，再等一段时间，尼古拉会对此回应道：我理解，我很理解，什么时候我能回去了你告诉我，我会等的，我爱你。然而在一阵尼古拉知道不应该破坏的长时间沉默之后，玛蒂尔德用一种温柔而沉着的语气，其中贯穿了她知道自己在他们爱情故事的这一关键时刻所拥有的宽恕和善良，对他说道：

来吧，我等你。

在尼古拉回去之后，玛蒂尔德，作为谨慎耿直宽宏大量的女人，令人肃然起敬，玛蒂尔德这个谜一般的妻子没有问他任何有关他在米兰玛丽身边的经历的问题，在接下来的几年当中，也从没有对这奇怪而伤人的插曲（包括当尼古拉的安魂曲成为巨大成功的时候，玛蒂尔德她自己也将这首乐曲看作是他作品中无懈可击的巅峰之一），进行过哪怕是最轻微的影射，从未，一次都没有，因为在她自己的眼中这是一个可鄙的卑劣行为，与允许入侵她亲自用自己的创举缝合起来的东西一样，既然她已经接受了尼古拉的请求并且未加任何条件，在他给她打电话让她知道，尽管声音中带着焦虑的怀疑，他想要回到他们的家时，对他说来吧，我等你。

他回到家的那天晚上，孩子们重新见到他们的父亲是那样高兴，以至于他们不停地幸福地跺着脚，跳到他膝盖上，每个人都想要在他们的房间里给他展示秘密。甚至与玛蒂尔德的重聚也很自然，这是他们不曾预料到的，之前他们彼此都害怕在知道尼古拉去米兰是做什么之后，重新见面会变得很棘手。几乎像这个片段从未发生过，而提供给孩子们，用来安抚他们，解释他们的爸爸为什么离开了如此长时间的事件的版本，在玛蒂尔德的头脑中，在某种程度上也在尼古拉的头脑中，替代了这三个月间真正发生的事。当然，这三个月在他自己的记忆中依然等同于一次崇高的经历和重大的情感冲击，一直以来都完好无损，但就好像他是在另一种现实秩序中做了这次体验，也就是说这是捏造的，捏造并且从未经历过的，或者经历过但就像只有艺术家们才能够体验的故事、虚假的形式和他们发展的叙事机制一样，而这些并不会真的直接与他们真实的日常生活相抗衡——或是会以一种比出轨那令人困扰的影响更为邪恶与令人生畏的方式存在（以至于我自己，自从因为尼古拉的撮合，而在米兰，在布雷拉街上的大公寓里待过，并且在把我的嘴唇放在她的嘴唇上之前，将玛丽那光秃秃的、雪白的、动人的头捧在手间过，此后在我的眼中再没有觉得任何一个真实的女人有那么好了，我的米兰的玛丽超过了她们所有人），但这就是另一个话题了。

晚餐一结束，孩子们一睡下，尼古拉和玛蒂尔德就在客厅里谈了很长时间，主要是关于玛蒂尔德的事情。她和他说起了一场招标，他知道她得在他停留在米兰的时候进行投标，她的战略咨询事务所在此期间赢得了这场招标。尼古拉表达了他衷心的钦佩，他对她说他爱她并且他觉得她比以往的任何时候都要美丽。她感谢了他并拉起他的手，然后他们互相亲吻彼此的嘴唇。他们随后谈起了尼古拉还得在欧洲各处举办的音乐会，以及在那之后要在书房里闭关进行作曲。然后他们就决定去睡觉了。这天晚上各个步骤之间的流畅程度很是惊人，就好像这晚是紧接着前一天晚上发生的，而前一天晚上则是紧接着大前天晚上，他们夫妻生活那使人愉悦的连续性似乎自己延续了下去，丝毫没有被打断的迹象。然后，于是，我说道，他们就躺在床上，在那儿看着电视上一个滚动播出信息的频道，其中的每日新闻，这持续了二十多分钟。玛蒂尔德昏昏欲睡，尼古拉关了电视并拿起一本书，读了几页，随后他们的房间就浸入到了黑暗之中，他紧紧靠着已经睡着了的玛蒂尔德那热乎乎的身体,她很容易就睡着了,尼古拉感到很幸福并且听着这个他爱的女人,这个他从未停止去爱的女人那绵长而规律的呼吸也沉入了梦乡。

他们没有互相爱抚,他们没有激情地相拥,而是温柔地、深情地,就像他们在尼古拉去往米兰之前一直习惯做的那样。他们没有做爱。他们回到了三个月前中断的那个状态,互相爱着对方,像两个分享他们的生活,却没有性关系的人类所能够期望的那样幸福。

这就是我会写出的一切,如果我写了《唯一的花》。

但是我没有写《唯一的花》,于是就不是尼古拉紧靠着玛蒂尔德那温暖的身体沉入梦乡,而是我紧贴着玛戈的身体问自己如何结束这部小说,如果是我来编辑它的话。

我靠着已经睡着了的玛戈那温暖的身体蜷缩成一团,我能感觉到她温柔的呼吸,我想尼古拉也许接到了巴黎喜歌剧院经理的一部抒情作品的委托,而他坚持要自己写这部作品的剧情简介。这部歌剧的剧情简介会写到一个叫作弗雷德里克的男人,他是画家和造型艺术家,四十多岁,已婚并有两个孩子,还有一个年轻的女人,这个人物的灵感来自尼古拉的米兰的玛丽,我们就叫她玛丽,她和他差不多年纪而且患上了一种不可治愈的癌症。弗雷德里克会是尼古拉的一个严格的投射,但是被小说轻微改编、夸大和美化了,一切是基于在玛蒂尔德生病时他和她一起经历的事:艺术创作沸腾的极端情况见证了尼古拉创作他神奇的交响乐《睡美人》,在同样的情况下,弗雷德里克创作了一幅如《格尔尼卡》①一般尺寸的宏伟讽喻画卷,他的妻子玛尔莱娜也在他完成作品之时

---

① 《格尔尼卡》是毕加索最著名的画作之一,画作为立体主义风格,在1937年5月1日至6月4日绘于巴黎。画作表现的是西班牙内战中纳粹德国对格尔尼卡城进行的地毯式轰炸。

病愈了，而这部，在东京宫①展出后，立即被弗朗索瓦·皮诺②基金会购得的作品，获得了成功。

尼古拉，想象弗雷德里克在不久之后做出了一个决定，就像他自己做的那样，那就是在一个周六的早上，还在半梦半醒间，在他房间的半明半暗之中，决意要去柏林与再次病倒的他的玛丽会合，她住在那里，在此之前他听到他的小儿子在厨房，问玛尔莱娜：妈妈，soliflore是什么意思？玛尔莱娜回答他：唯一的花……是一个只能容纳唯一一枝花的花瓶……尼古拉选择将他的歌剧就叫作：《唯一的花》。

一辆消音器带孔的轻便摩托车轰隆隆地经过我家所在的街道。

我会想要的，还有，我想，紧贴着睡得很安静的玛戈那温暖的身体，在书的结尾尼古拉和玛蒂尔德重新开始做爱。

尼古拉会和玛蒂尔德提议去马焦雷湖边富丽堂皇的酒店过一个浪漫的周末。

我不知道为什么，会在这天晚上，紧靠着玛戈，产生这个想法，尼古拉会想要在马焦雷湖的湖边去度过他们性生活复苏的周末，他也不太知道为什么。

不管怎样他们会去马焦雷湖的湖边，尼古拉会在博罗梅安群岛大酒店预订一间房，那是一家豪华酒店，而且在一天晚上，确切来说就是第二天晚上，尼古拉，会在多年后第一次，敢于温柔地将他的手指放进玛蒂尔德的阴道，而它已经湿润。

你在干什么？玛蒂尔德会愉快地，假装震惊。而尼古拉会和

---

① 东京宫，是巴黎16区的一家博物馆，展品多为现代艺术作品。
② 弗朗索瓦·皮诺(1936—)，法国亿万富翁与艺术品收藏家，创立了原名为巴黎春天集团的开云集团，旗下有众多著名品牌。

她说：

你很明白，我在爱抚你的猫咪，她很漂亮，我爱她，我很想她，她都湿透了。

而玛蒂尔德会回答他：

我知道，她也想你了，来我的身上吧。

我睡着了……靠着玛戈的身体，想着这会是这部我打算写的小说，《唯一的花》，它的一个可能的结局。

但是第二天早上我又一次决定《唯一的花》不会是我的下一本书然后我就上楼去我的书房开始写《爱与森林》。

那是在二〇一二年九月，玛戈康复整整五年之后。因此她能够开始希冀从乳腺癌中脱离危险，现在她已经度过了五年的观察期，在那几年间，医生们，还有银行和保险公司轮换着，用无数种常常很生硬的，没有丝毫分寸的方式，鼓励患者，千万不要去设想未来，就好像相信我们会活下去是一种几乎致命的罪，一种对科学的侮辱，多么应予谴责的无知啊。事实上，从二〇一二年九月开始，玛戈重新开始了生活，或者说开始重新生活，我不知道怎么描述。我看到她因为自己活着并且认为她能够保持这样而感到开心。和每一个人一样她也有可能有一天患上严重的癌症，但肯定不会比任何人更有可能，尤其是不会比这五年来一直让她处于害怕之中的医生们更有可能，这样偶尔而漫不经心的想法终于替代了她那令人沮丧的执念，萦绕在她心中的复发。

八个月过后，一天晚上，玛戈告诉我，在居里研究院的肿瘤科大夫的嘱咐下，她做了检查，而结果很好：

那位女士对我说，我有年轻姑娘的骨头！玛戈对我说。

年轻姑娘的水①？我问她道。

---

① 法语中骨头 des os 与水 des eaux 发音一样。

是的,是的,年轻姑娘的骨头!

但这是什么意思啊,我的玛戈,有年轻姑娘的水? 我问她道,我已经对这个神奇的消息让我隐约看到的东西感到惊奇。

我去测了骨密度,为了要确定我的骨骼是否强壮。

啊,骨头! 你有年轻姑娘的骨头! 我回答她道,当我向她解释我是怎么理解她的话的时候我把玛戈逗得疯狂大笑。

到了第二天,在睡了一晚好觉之后,我向玛戈提议我们去意大利,只有她和我,不带孩子,去庆祝她的彻底康复。

那你想要我们去哪里呢? 玛戈问我。

上一周,仔细看着意大利的地图,我想,我终于明白,是为了什么原因我突然有让尼古拉和玛蒂尔德在周末去马焦雷湖的想法,在这潭湖边,第二天晚上,我靠着呼吸平静地睡着的玛戈,就这样在半梦半醒间至少隐约看到了,尼古拉敢于将自己的手靠近玛蒂尔德的阴户:马焦雷湖在地图上看起来就像一条细窄而狭长的、隐秘潮湿的、微微张开的裂缝。

去马焦雷湖,我回答玛戈道。

去马焦雷湖? 为什么是马焦雷湖?

我不知道,就是这样。

这是个好主意。

在他从她阴户那细窄而狭长的、隐秘潮湿的、微微张开的裂缝出来之后,尼古拉对玛蒂尔德说道,我如此地爱你,玛蒂尔德,我的爱。

你觉得是这样?

是的,我回答玛戈道。我们有很长时间都没有去马焦雷湖了。

我也是这样想的。

我对马焦雷湖有一个很美好的回忆。

我也是。

你为什么笑？玛戈狡黠地问我。

没什么，没什么，去到那里我再告诉你。我很高兴你喜欢这个主意。

是的，我很喜欢它。非常喜欢它。现在你说起了它，我想回到那里，玛戈带着在我脸上看到的同样微笑接着说道。你说的有道理。让我们回到马焦雷湖吧。

第一章的文字是为《摇滚不腐》①杂志的二〇〇七年度最佳这一期所写,出版于二〇〇七年十二月。在此特地感谢奈莉·卡普里耶利安与西尔万·布尔莫。

　　热情感谢玛利亚加西亚·马奇特利帮助引导我在米兰这座美丽的城市中游历。

　　还要为我的朋友洛朗·巴赞献上默契与感激之情。

---

① 《摇滚不腐》杂志原文为 Inrockuptibles,全称为 Les Inrockuptibles,简称为 Les Inrocks,它于 1986 年面世,最初是为了摇滚而创办,后来逐渐演变为一本以文化、政治为主题的杂志。

21世纪年度最佳外国小说书目
（2001—2019）

2001年：
1. 要短句，亲爱的 〔法〕彼埃蕾特·弗勒蒂奥 著
2. 雷曼先生 〔德〕斯文·雷根纳 著
3. 天空的皮肤 〔墨西哥〕埃莱娜·波尼亚托夫斯卡 著
4. 无望的逃离 〔俄罗斯〕尤·波里亚科夫 著
5. 饭店世界 〔英〕阿莉·史密斯 著
6. 凯恩河 〔美〕拉丽塔·塔德米 著

2002年：
7. 老谋深算 〔美〕安妮·普鲁克斯* 著
8. 间谍 〔英〕迈克尔·弗莱恩 著
9. 尘世的爱神 〔德〕汉斯-乌尔里希·特莱希尔 著
10. 幸福得如同上帝在法国 〔法〕马尔克·杜甘 著
11. 黑炸药先生 〔俄罗斯〕亚·普罗哈诺夫 著
12. 蜂王飞翔 〔阿根廷〕托马斯·埃洛伊 著

---

* 即安妮·普鲁。

2003 年：

13. 伊万的女儿，伊万的母亲　〔俄罗斯〕瓦·拉斯普京　著
14. 完美罪行之友　〔西班牙〕安德烈斯·特拉别略　著
15. 砖巷　〔英〕莫妮卡·阿里　著
16. 夜半撞车　〔法〕帕特里克·莫迪亚诺　著
17. 夜幕　〔德〕克里斯托夫·彼得斯　著
18. 灵魂之湾　〔美〕罗伯特·斯通　著

2004 年：

19. 深谷幽城　〔哥伦比亚〕阿瓦德·法西奥林塞　著
20. 美国佬　〔法〕弗朗兹-奥利维埃·吉斯贝尔　著
21. 台伯河边的爱情　〔德〕延·孔涅夫克　著
22. 巴拉圭消息　〔美〕莉莉·塔克　著
23. 守望灯塔　〔英〕詹妮特·温特森　著
24. 复杂的善意　〔加拿大〕米里亚姆·托尤斯　著
25. 您忠实的舒里克　〔俄罗斯〕柳·乌利茨卡娅　著

2005 年：

26. 亚瑟与乔治　〔英〕朱利安·巴恩斯　著
27. 基列家书　〔美〕玛里琳·鲁宾逊　著
28. 爱神草　〔俄罗斯〕米·希什金　著
29. 爱的怯懦　〔德〕威廉·格纳齐诺　著
30. 妖魔的狂笑　〔法〕皮埃尔·贝茹　著
31. 蓝色时刻　〔秘鲁〕阿隆索·奎托　著

2006 年：

32. 梅尔尼茨　〔瑞士〕查理斯·莱文斯基　著

33. 病魔 〔委内瑞拉〕阿尔贝托·巴雷拉 著
34. 希腊激情 〔智利〕罗伯托·安布埃罗 著
35. 萨尼卡 〔俄罗斯〕扎·普里列平 著
36. 乌拉尼亚 〔法〕勒克莱齐奥 著
37. 皇帝的孩子 〔美〕克莱尔·梅苏德 著

2008年(本年起,以评选时间标志年度):
38. 太阳来的十秒钟 〔英〕拉塞尔·塞林·琼斯 著
39. 别了,那道风景 〔澳大利亚〕亚历克斯·米勒 著
40. 优美的安娜贝尔·李 寒彻颤栗早逝去
    〔日〕大江健三郎 著
41. 大师之死 〔法〕皮埃尔-让·雷米 著
42. 午间女人 〔德〕尤莉娅·弗兰克 著
43. 情系撒哈拉 〔西班牙〕路易斯·莱安特 著
44. 曲终人散 〔美〕约书亚·弗里斯 著
45. 我脸上的秘密 〔爱尔兰〕凯伦·阿迪夫 著

2009年:
46. 恋爱中的男人 〔德〕马丁·瓦尔泽 著
47. 卖梦人 〔巴西〕奥古斯托·库里 著
48. 秘密手稿 〔爱尔兰〕塞巴斯蒂安·巴里 著
49. 天扰 〔加拿大〕丽芙卡·戈臣 著
50. 悠悠岁月 〔法〕安妮·埃尔诺 著
51. 图书管理员 〔俄罗斯〕米哈伊尔·叶里扎罗夫 著

2010年:
52. 转吧,这伟大的世界 〔美〕科伦·麦凯恩 著

53. 卡尔腾堡　〔德〕马塞尔·巴耶尔　著
54. 恋人　〔法〕让-马克·帕里西斯　著
55. 公无渡河　〔韩〕金薰　著
56. 逆风　〔西班牙〕安赫莱斯·卡索　著

2011年：

57. 古泉酒馆　〔英〕理查德·弗朗西斯　著
58. 天使之城或弗洛伊德博士的外套
　　〔德〕克里斯塔·沃尔夫　著
59. 复活的艺术　〔智利〕埃尔南·里维拉·莱特列尔　著
60. 哪里传来找我的电话铃声　〔韩〕申京淑　著
61. 卡迪巴　〔法〕让-克里斯托夫·吕芬　著
62. 脑残　〔俄罗斯〕奥利加·斯拉夫尼科娃　著

2012年：

63. 沙滩上的小脚印　〔法〕安娜-杜芬妮·朱利安　著
64. 阳光下的日子　〔德〕米夏埃尔·库普夫米勒　著
65. 唯愿你在此　〔英〕格雷厄姆·斯威夫特　著
66. 帝国之王　〔西班牙〕哈维尔·莫洛　著
67. 鬼火　〔美〕莉迪亚·米列特　著
68. 骗局的辉煌落幕　〔瑞典〕谢什婷·埃克曼　著
69. 暴风雪　〔俄罗斯〕弗拉基米尔·索罗金　著

2013年：

70. 形影不离　〔意〕亚历山德罗·皮佩尔诺　著
71. 我们是姐妹　〔德〕安妮·格斯特许森　著

72. 聋儿 〔危地马拉〕罗德里格·雷耶·罗萨 著
73. 我的中尉 〔俄罗斯〕达尼伊尔·格拉宁 著
74. 边缘 〔法〕奥里维埃·亚当 著

2014年：

75. 生命 〔德〕大卫·瓦格纳 著 ★
76. 回到潘日鲁德 〔俄罗斯〕安德烈·沃洛斯 著
77. 潜 〔法〕克里斯托夫·奥诺-迪-比奥 著
78. 在岸边 〔西班牙〕拉法埃尔·奇尔贝斯 著
79. 麻木 〔罗马尼亚〕弗洛林·拉扎莱斯库 著
80. 回家 〔加拿大〕丹尼斯·博克 著

2015年：

81. 骗子 〔西班牙〕哈维尔·塞尔卡斯 著 ★
82. 星座号 〔法〕阿德里安·博斯克 著
83. 所有爱的开始 〔德〕尤迪特·海尔曼 著
84. 首相A 〔日〕田中慎弥 著
85. 美丽的年轻女子 〔荷兰〕汤米·维尔林哈 著

2016年：

86. 酷暑天 〔冰岛〕埃纳尔·茂尔·古德蒙德松 著 ★
87. 祖列依哈睁开了眼睛 〔俄罗斯〕古泽尔·雅辛娜 著
88. 本来我们应该跳舞 〔德〕海因茨·海勒 著
89. 父亲岛 〔西班牙〕费尔南多·马里亚斯 著
90. 黑腚 〔尼日利亚〕A.伊各尼·巴雷特 著

2017 年：

91. 遇见 〔德〕博多·基尔希霍夫 著 ★
92. 女大厨 〔法〕玛丽·恩迪亚耶 著
93. 电厂之夜 〔阿根廷〕爱德华多·萨切里 著
94. 小女孩与幻梦者 〔意〕达契亚·玛拉依妮 著

2018—2019 年：

95. 夫妻的房间 〔法〕埃里克·莱因哈特 著
96. 活在你手机里的我 〔俄罗斯〕德米特里·格鲁霍夫斯基 著
97. 首都 〔奥地利〕罗伯特·梅纳瑟 著
98. 已无人为我哭泣 〔尼加拉瓜〕塞尔希奥·拉米雷斯 著

（带★者为"邹韬奋年度外国小说奖"获奖作品）

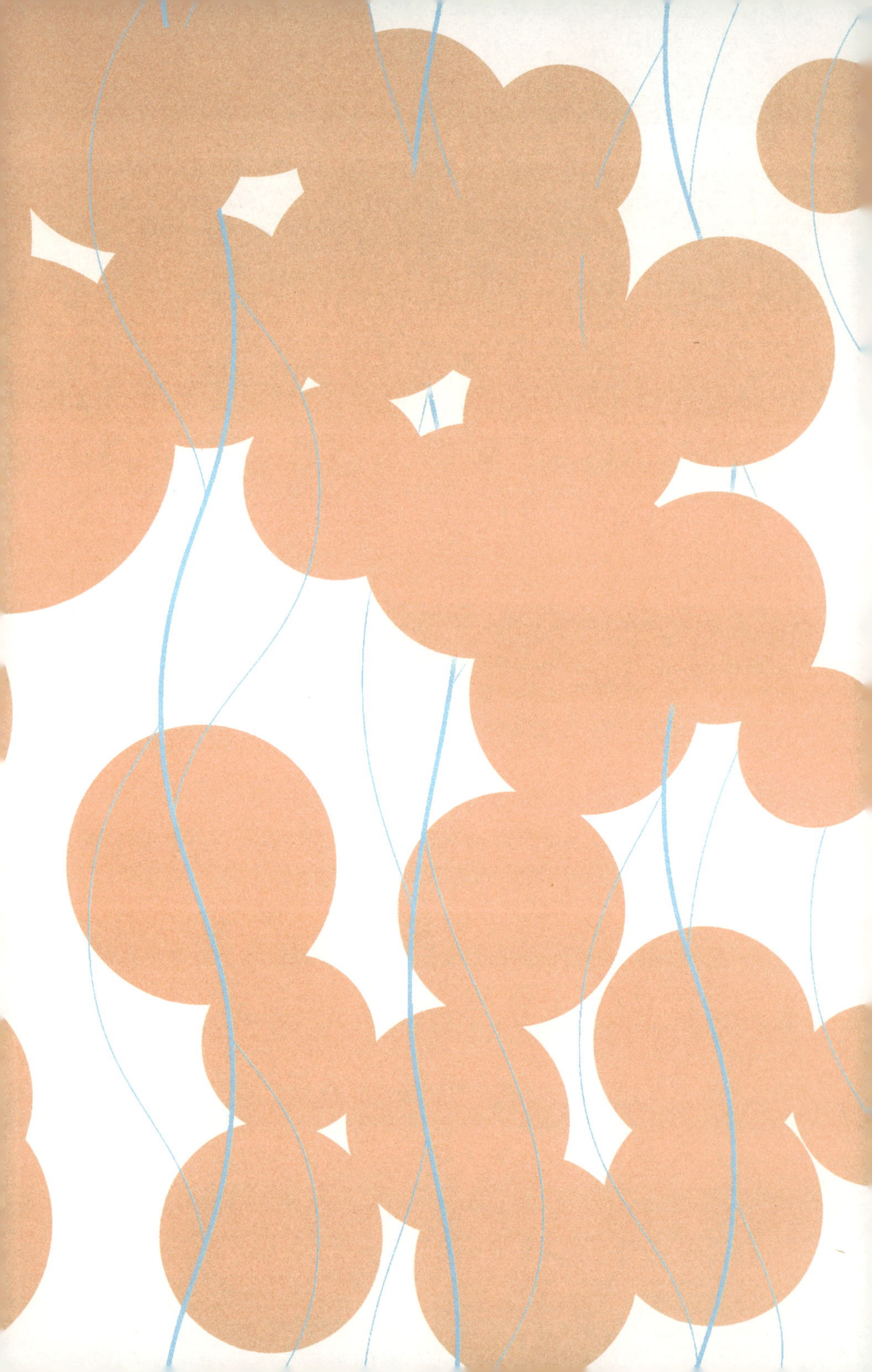